THE WIND IN THE WILLOWS

柳林风声

〔英〕肯尼斯·格雷厄姆 著

张妍 译

基础教育阅读工程

CTPH 中国出版集团
中译出版社

图书在版编目（CIP）数据

柳林风声 /（英）肯尼斯·格雷厄姆著；张妍译.
--北京：中译出版社，2020.12
基础教育阅读工程
ISBN 978-7-5001-6247-6

Ⅰ.①柳… Ⅱ.①肯… ②张… Ⅲ.①童话－英国－
现代 Ⅳ.①I561.88

中国版本图书馆CIP数据核字（2021）第002257号

出版发行：中译出版社
地　　址：北京市西城区车公庄大街甲4号物华大厦6层
电　　话：（010）68359376；68359827（发行部）；68357328（编辑部）
传　　真：（010）68357870　　　　邮　　编：100044
电子邮箱：book@ctph.com.cn
网　　址：http: //www.ctph.com.cn

责任编辑：温晓芳
封面设计：曹柏光

排　　版：北京华夏墨香文化传媒有限公司
印　　刷：三河市东兴印刷有限公司
经　　销：新华书店

规　　格：880mm × 1230mm　1/32
印　　张：6
字　　数：135千字
版　　次：2021年3月第1版
印　　次：2021年3月第1次

ISBN 978-7-5001-6247-6　　　　定价：28.00元

中　译　出　版　社

图书若有质量问题，请拨打以下电话进行调换。
电话：010-59625116

出版说明

一个人的阅读史就是他的心灵史、精神成长史。在资讯高度发达、网络和移动终端普及的今天，中小学生在繁重的课业之余，应该选择什么样的书阅读，如何让自己的精神世界更丰盈饱满，而不被繁重的课业搞得很焦虑，不被游戏、娱乐资讯等占用宝贵的时间，使得身心疲惫，甚至偏离正常的生活轨道。这是摆在教育者、家长和学生面前的一道难题，解决之道便是读好书。

经典阅读在人的成长过程中的重要性怎么强调都不过分，前人有关这方面的论述很多，最知名的是培根的名言："读史使人明智，读诗使人灵秀，数学使人精密，哲理使人深刻，伦理学使人有修养，逻辑修辞之学使人善辩。"中国论读书的名言也很多，像"学而不思则罔，思而不学则殆"（《论语》），"读书破万卷，下笔如有神"（杜甫），"书到用时方恨少，事非经过不知难"（陆游），"数百年旧家无非积德，第一件好事还是读书"（张元济），等等，不胜枚举。

教育部新编语文教材在每个单元后都向中小学生推荐了阅读书目。2020 年 4 月 22 日，教育部在世界读书日这一天又发布了“中小学生阅读指导书目”。这些人类文化史上的经典是很多专家根据中小学生的身心特点而建构的知识体系，孩子们阅读这些经典作品后会受益终身。

中译出版社编辑出版的“基础教育阅读工程”丛书，收入了教育部发布的《中小学生阅读指导目录（2020年版）》中的很多经典著作，它是中译出版社多年积淀的宝贵精神财富。中译出版社是一家以中外语言学习和中外文化交流为出版特色的出版社，数十年如一日，出版了大量国内外文学名著、社会科学经典著作、科普名作、名人传记等。我们秉持提供优秀读物的初心，策划出版了这套中小学生语文分级阅读经典，希望给孩子们带去一场非凡的阅读体验。

前言

一只鼹鼠，憧憬着冒险，却又胆子很小；一只癞蛤蟆，喜欢新世界，也有一些小小的虚荣心；一只河鼠，有着浪漫主义气质，也会宽和待人；一只獾，不热衷交际，但颇具影响力……这些小动物们拥有着复杂的性格，它们的存在，也描画出一个有趣的童话世界。

在《柳林风声》里，有美好的田园风光，也有趣味十足的动物主人公，它们有着自己的生活和冒险，而童话中最让人感动的，或许就是所有小动物们夺回家园的同心协力的精神。

在这个童话故事中，我们似乎能瞬间置身美景之中。

这一切都有些不太真实。他匆匆穿过一片片草地，顺着树篱一路小跑，在小灌木丛中穿进穿出，一路上到处都有鸟儿在筑巢，花骨朵儿绽放着笑脸，嫩芽儿舒展着身体，所有一切都生机勃勃，繁忙而又快乐。

……

那真是个金灿灿的下午，就连一路上扬起的厚厚的灰尘闻着都让人觉得惬意。道路两旁的兰花散发着迷人的幽香，头顶上的鸟儿欢快地对着他们歌唱，好心的路人经过时会和他们问声好或者停下来夸奖两句他们的拖车。而兔子们坐在他们灌木丛的前门槛上，举着前爪惊叹道：“噢，我的天！噢，我的天！噢，我的天！”

而故事的主人公们，有时也像是一个哲学家或者一个诗人，它们说出的话，或现实，或浪漫，值得每一个读者思考。

“我从来不用嘴巴聊我的河。”河鼠耐着性子说，“你是知道的，我只是在心里想它而已。”末了，他可怜地轻声补充道：“我每时每刻都在想它！”

……

大自然这个大酒店和其他酒店一样，也有旺季和淡季的。现在旅客们一个接一个整理好行李，结账离开，餐桌每上完一顿饭，椅子就要撤去一批，套房一间间地关闭，地毯被收了起来，服务员也被遣散了。而那些长期住在酒店、等待着来年全面开业的客人们，眼瞅着平日里的伙伴们离开的离开，告别的告别，或在热烈讨论着计划、路线和新居，心情难免会受到影响。

在这样的故事里面，每一个动物都有自己的性格和想法，而它们的生活和经历的冒险故事也吸引着我们去观看，这是一本带着童趣却又耐人寻味的童话。难怪文学评论家周作人在提到这本书的时候也说道：“一拿来便从头至尾读完了，这是不常有的事。《柳林风声》是 20 世纪儿童文学的佳作，另有一番诗趣。”

能写出这样一本充满了乡村田园风味的童话，肯定和作者的经历分不开。作者肯尼斯·格雷厄姆，是英国的童话作家，他自己小时候就生活在乡村，自小便感受和观察着那里美好的田园风光，那些花草，那些小树，那些动物们，都成了他后来书中的文字。而格雷厄姆对大自然和动物们的爱意，也融入了他的文字之中，化作了一个又一个想象力十足又可爱十足的故事。

而这本《柳林风声》也正是因为这样的魅力，成了无数孩子甚至成年人心中的经典之作。它是英国《BBC 大阅读》的上榜图书，被誉为“一个世纪来改变人们思维和生活方式的名作”“英文世界最伟大的儿童文学作品”等。它的爱好者中也不乏家喻户晓的名人，比如第 32 任美国总统罗斯福，《哈利·波特》的作者 J.K. 罗琳，等等。这个童话被多次改编为影视剧、舞台剧，以各种表现形式延续着人们对这个故事的爱。

看到这里，该是你打开这本书的时候了，你准备好了吗？和那些可爱的动物们，一起去感受一下乡间的风光和生活，一起去经历一场冒险，一起感受什么是友谊、爱和家！

目录

第一章　河堤

一整个早上，鼹鼠一刻都没停过，“哼哧哼哧”地给他的小屋子进行春季大扫除。他先用笤帚扫了地，拿掸子掸了尘，然后提溜着一桶白漆，爬到梯子、台阶和椅子上，用刷子粉刷墙壁。直到最后，他觉得后背酸疼，两手都没了力气，扬起的灰呛了喉咙还迷了眼睛，白漆也溅得他黑色的皮毛斑斑点点。春天的气息弥漫在地面的空气中，游走于他身边和脚下的土壤里，甚至穿过他那昏暗低沉的小屋，萌动着让人无法抗拒的渴望与期待。这也就不奇怪为什么鼹鼠把刷子往地板上一摔，叫嚷道：“讨厌！噢！真烦人！废除春季大扫除！”他连外套都不穿就迫不及待地蹿出了屋子。地面上有东西正一个劲儿地召唤着他，他响应着召唤，沿着一条陡峭而狭窄的小道奋力向上爬。小道朝上通向一条砾石车道，那儿居住着更靠近阳光和空气的动物。他用小爪子不停地挖啊扒啊推啊，挠啊抓啊刨啊，还喃喃自语着：“往上走！再往上走！”终于，噗的一声，他的鼻子探出土壤，碰触到了温热的阳光，紧接着他便一骨碌滚进了茫茫草地的温暖怀抱里。

“真不错！”鼹鼠自言自语道，“这可比刷白漆好多了！”

阳光炽热地照射在他的皮毛上，温柔的微风轻抚着他发烫的额头。在那地窖里蜗居了太久，连欢乐的鸟鸣声几乎都像是大声地叫喊，击打着他迟钝的耳膜。一想到生活多么美好，没有了大扫除的春天多让人开心，鼹鼠就乐得一跃而起，撒开脚丫子穿过草地，一直跑到了另一端的树篱边。

“站住！”一只老兔子站在树篱缺口处大声喝道，“想要过此道，留下买路钱！”鼹鼠压根儿没理会他的喝令，沿着树篱一溜烟儿跑过，一下子把老兔子撞飞了。兔子们听到声响，钻出洞穴四下张望，想看看发生了什么，鼹鼠边跑边和他们打趣儿，调侃地喊着：“洋葱酱！洋葱酱[1]！”不过还没等兔子们想出什么十分满意的话来回敬他，鼹鼠早跑得没影儿了。接着他们像往常一样互相埋怨起来。“你太笨了！干吗不告诉他……”“那你怎么不说……”“你刚应该提醒他……”等等；当然啦，那时候抱怨这些都已经太晚了，向来都是如此。

这一切都有些不太真实。他匆匆穿过一片片草地，顺着树篱一路小跑，在小灌木丛中穿进穿出，一路上到处都有鸟儿在筑巢，花骨朵儿绽放着笑脸，嫩芽儿舒展着身体，所有一切都生机勃勃，繁忙而又快乐。鼹鼠没有感到良心不安，也没有听到任何声音在他耳边轻唤“白漆”，恰恰相反，他只想到和身边所有这些忙碌的居民相比，自己这样无所事事是多么愉快。毕竟，假期中最棒的事情倒不见得是让自己放松得多好，而是看到别人都在忙着工作。

当他漫无目的地闲逛着，想着他的快乐已经完满的时候，突然间一条漫涨的河流映入他的眼帘。长这么大他还从没看到

1　在作者生活的英国维多利亚时代，人们吃兔肉时经常蘸洋葱酱。

过河流，这个庞然大物光洁闪亮，蜿蜒迂回，咆哮着奔腾着，一会儿汩汩作响地抓紧什么又大笑着放开，一会儿又向那些想要挣脱开的新玩伴猛冲过去，逮住他们不肯松手。一切都在闪烁，在颤动，在发光。他沙沙地回旋，潺潺流动，吐着泡泡。鼹鼠像着了魔一样，出神地望着眼前的一切。他沿着河边奔跑着，就像人们很小的时候，对激动人心的故事着迷，跟着讲故事的人一路小跑一样。最后他跑累了，就坐在堤岸上，而河流仍然滔滔不绝地对他讲着这世界上最动听的故事，它们来自大地母亲的肺腑，片刻不停地一路讲来，最终要去讲给那个永远都听不够的大海听。

顺着他坐着的方向，鼹鼠看到对岸水面上方有一个黑洞，他不禁想到要是哪个动物清心寡欲，喜欢岸边小巧精美的住所，那里会是个温暖舒适的好地方，既不会被洪水淹没，又远离嘈杂和尘土。当他集中注意力凝视时，发现其中有个亮亮的小东西闪了一下，又消失了，接着又闪了两下，就像一颗小星星。但星星哪会出现在河堤上呀；也不是萤火虫，因为它比萤火虫更亮也更小。接着，鼹鼠看到它眨巴了两下，噢，原来是对眼睛；然后一张小小的脸逐渐出现在那眼睛周围，像图画边上的框架一样。

一张棕色的小脸，顶着几根胡须。

一张严肃的圆脸上镶着一对泛着亮光的眼睛，刚才就是这眼睛吸引了他的注意。

小巧整洁的耳朵和浓密丝滑的毛发。

是河鼠！

于是，他们俩站在那儿，谨慎地打量起对方来。

“你好哇，鼹鼠！”河鼠说道。

“你好哇，河鼠！”鼹鼠说道。

“你想要过来吗？”河鼠当即问道。

“噢，你说得倒轻巧。”鼹鼠没好气地说道。他一点儿都不熟悉河流，对水上的生活方式也陌生得很。

河鼠没搭话，弯腰解开了一条绳子，把系在另一头的小船拉到岸边；然后轻盈地跨了上去。鼹鼠之前都没有注意到，那小船涂了漆，外面是蓝色的，里面是白色的，大小正好坐得下两个动物。虽然鼹鼠连那船的用途都还不十分了解，他的心早已整个儿扑了过去。

河鼠潇洒地划着桨，迅速来到对岸，鼹鼠扶着河鼠伸出来的前爪，小心翼翼地踏上小船。“靠着那儿！”河鼠说道，“好了，赶快加把劲儿嘞！”鼹鼠看到自己坐在一艘名副其实的小船上，真是又惊又喜。

河鼠撑船离岸，又划起桨来，鼹鼠感叹起来：“今天真是太精彩了！你知道吗，我这辈子还没坐过船呢。”

“什么？”河鼠惊讶地张大嘴，“从来没坐过……你从来……那我……那你之前做过什么呀？”

“待在船上感觉很好吧？”鼹鼠怯生生地问道，不过他早已准备确信这一点了。他倚靠在座位上，仔细端详着靠垫、船桨、桨架以及其他那些迷人的装配，感受小船在他身下缓缓地摇摆。

“岂止是好？这可是独一无二的。”河鼠边俯身划桨，边郑重其事地说道，“相信我，我年轻的朋友，没有任何事情，绝对没有任何事情可以和待在船上玩耍媲美，连它一半儿都不及。”他继续陶醉地说着，“待……在……船上……玩耍；待在……”

“当心前边儿，河鼠！”鼹鼠突然惊叫道。

太晚了！小船全速冲向了岸边，这个刚刚还沉浸在自己世界里的划桨手仰面跌倒在船底，摔了个四脚朝天。

他大笑着爬起来，像没事儿人似的继续说道："……待在船上玩……或者和船一起玩；在船舱里玩，或者在船舷上玩，反正只要有船，一切都不重要，这就是它的魅力所在。无论你离开还是逗留，到达了目的地还是到了其他什么地方，还是根本没到任何地方，都用不着刻意地去想做什么，因为手头上总不缺事情让你忙；当你做完一件事，总有其他的事蹦出来，要是愿意，你能一直做下去，不过你可别忙活太多了。听我说，要是今天早上你没什么事，我们就一起顺流而下，度过这漫长的一天，怎么样？"

鼹鼠开心得不得了，摇着他的小脚趾，张开胳膊伸了个懒腰，心满意足地呼出一口长气，然后喜滋滋地向后靠，倒在靠垫上，说道："这一天真是太棒了！我们现在就开始吧！"

"那等我一分钟！"河鼠说完，将缆绳系在码头的圆环上，爬进了岸上的洞穴中。不一会儿，他就顶着一个硕大的柳条午餐篮，踉踉跄跄地走了出来。

河鼠把午餐篮递给鼹鼠，说道："把这个塞到你脚底下。"然后他解开缆绳，又拿起了船桨。

鼹鼠扭着身子好奇地问道："这里面装了什么？"

河鼠不带停地回答道："里面有冷鸡肉、冷口条、冷火腿肉、冷牛肉、酸黄瓜、沙拉法式圆面包、水芹菜、三明治、腌肉、姜汁啤酒、柠檬水、苏打水……"

"哇！停，快停下！"鼹鼠乐颠颠地叫道，"这也太多了！"

"你真这么觉得？"河鼠认真地问道，"短途旅行的时候我一般都会带上这些，其他的动物还都说我太抠门，带的食物刚刚够填饱肚子！”

不过鼹鼠什么都没听到，他整个儿沉浸在眼前这个全新的生活中。闪闪发亮的水面，碧绿荡漾的涟漪，大自然的声响和气息，还有那温暖和煦的阳光都让他陶醉不已。他伸出一只爪子滑过水面，想象自己行走在这光洁的水面上。河鼠不愧是个好伙伴，一声不响地在一旁稳稳地划着船桨，全然不去打扰沉浸在美梦中的鼹鼠。

差不多过了半个小时，河鼠说道："老兄，我真喜欢你这行头，等我哪天手头宽裕了，也要买一套黑丝绒的吸烟装。"

"你说什么？"鼹鼠回过神来，费力地坐起来，直了直身子，"你一定觉得我很没礼貌；但是所有这些对我来说太新鲜了。所以……这就是……一条……河流了！"

"就是这条河流。"河鼠更正道。

"你真的就住在河岸边？这该多有趣啊！"

"我住在河边，每天与河为伴，在河上，在河里。"河鼠说道，"河流是我的兄弟姐妹，是我的叔叔婶婶。它陪伴着我，管我的吃吃喝喝，（自然）也管我的洗洗涮涮。这就是我的世界，我再无他求。对我来说，河流没有的东西就不值得拥有，河流不知道的东西也就不需要去知晓。天哪！那些我们一起度过的日子，一年中无论是春夏还是秋冬，都充满了欢乐和激情。二月里洪水泛滥的时候，我的酒窖和地下室里四溢着酒水，这对我来说可没什么好处，那棕色的河水从我最考究的房间窗户下流过；当洪水退去后，一块块泥巴露了出来，闻起来像葡萄干蛋糕的味道。当急流冲得野草堵塞了河道，河床干得都差不多了的时候，我几乎能在所有地方闲逛，那儿总能找到新鲜的食物，还有一些粗心的人从船上掉出来的东西！"

“但有时候不会有点无聊吗？”鼹鼠斗胆问了一句，“就只有你和河流，连个说话的人都没有？”

“没有人说……好吧，我不能对你太苛刻了。”河鼠宽容地说道，“你初来乍到，自然不知道。现在堤岸拥挤得很，好多动物都搬走了。哎呀不是，以前可不是这样，完全不是。现在一天到晚都能看到那些水獭啊、翠鸟啊、小䴙䴘啊、黑水鸡啊，他们总想让你做这做那的，就好像人家没有自己的事情要做一样！”

“那里有什么？”鼹鼠举起爪子指向背面那黑幽幽的森林，河流一侧的水草地被它笼在怀中。

“那里？噢，那儿是原始森林。”河鼠简略地回答道，“我们不怎么去那儿，我们是河岸边的动物。”

“那儿的动物……那儿的动物难道不友好吗？”鼹鼠有些紧张地打趣儿道。

“嗯——”河鼠回答说，“我想想：松鼠还是不错的。那些兔子嘛，我只能说有些还行，他们鱼龙混杂，可不能一概而论。当然了，獾也住在那里，就住在原始森林深处，他不肯住在其他地方，就算你给钱让他搬走他也不肯。亲爱的老獾哟！没人会打扰他。”说完他又意味深长地加了一句：“他们可最好别打扰他。”

“为什么，谁会打扰他？”鼹鼠问。

“呃，当然啦……那里还有……其他一些动物。”河鼠吞吞吐吐地解释道。

“比如说黄鼠狼啊……白鼬啊……狐狸啊等等。从某种程度上来说他们还是不错的……我和他们都是好朋友……碰到一起的时候我们能玩个一整天，诸如此类的……不过说实话，有时候他们会发火，然后……反正就是你不能完全信任他们，事实就是如此。”

鼹鼠清楚地知道，谈论今后的那些麻烦事儿，哪怕只是提一提，也是不符合动物礼仪的，于是他就闭口不谈这个问题了。

“那在原始森林外边呢？”鼹鼠又问道，“那里看上去蓝蓝的，却暗得很，乍一看像是山丘，但仔细看又不像，有点像城镇的烟雾，还是就几朵浮云而已？”

“原始森林之外是广阔的大世界。”河鼠说，“对于你我来说，那里都没什么意义。我从没去过那里。你如果有点头脑，也永远不会上那儿去的。请再也不要提那个地方了。好了！终于到回水处了，我们就在这儿吃午饭吧。”

离开主河道，他们划进了一片水域，乍一看像是一个被土壤围起来的小湖。回水处两面的斜坡上覆盖着青青的绿草，棕色的树根像蛇一样蜷曲在浅浅的水底，在平静的水面下隐约闪烁。在他们前头，一座水坝撑起银色的肩膀，搂着翻腾的泡沫，和一台不知停歇的水车轮肩并肩耸立着。那水车轮架在一座灰色的三角磨坊上，发出令人舒心的喃喃声，沉闷得让人有些窒息，但时不时的几声清脆悦耳的声响会将其打破。这迷人的景致让鼹鼠情不自禁地举起前爪，大声惊叹道：“噢，我的天！噢，我的天！噢，我的天啊！”

河鼠敏捷地将船靠向岸边，扶着仍然有点笨拙的鼹鼠安全地下了船，然后一把拎起午餐篮上了岸。鼹鼠恳求河鼠能不能让他来打开篮子，河鼠自然开心地答应了，他自个儿在一旁舒展开四肢，舒舒服服地躺在草地上休息。而鼹鼠兴冲冲地抖开餐布，把它平铺在草地上，把包裹得严严实实的食物一个个拿出来，掀开一个小口看看里面是什么，然后按照适当的顺序把他们排列起来，每看到一个新的食材，他还像刚才那样大声惊叹道："噢，我的天啊！噢，我的天啊！"当所有食材都准备停当后，河鼠说道："开动吧，老伙计！"鼹鼠自然是太乐意遵命了。那天一大早，他像其他动物一样很早就起床开始忙活他的春季大扫除，连停下来吃点东西喝口水的空隙都没有；而距离那个遥远的时光似乎都过去好多天了。

他们吃了一会儿，肚子总算有点填饱了。鼹鼠终于不再死死盯着餐布上的食物，抬起眼睛向四周望去。河鼠问道："你在看什么？"

"我在看河面上流动着的一串气泡。"鼹鼠回答说，"那东西太好玩了。"

"气泡？啊哈！"河鼠说完，吱吱地叫了起来，像在开心地邀请着什么。

一个宽大发亮的鼻子从河岸边的水面上钻了出来，水獭一把将自己拖上岸，甩甩衣服上的水珠。

"你们这些贪吃鬼！"他边嚷嚷着边凑到餐布边上来，"河鼠兄弟，你怎么不邀请我？"

"今天是即兴而来，之前没有计划。"河鼠解释道，"顺便介绍下……这是我的朋友，鼹鼠先生。"

"很高兴认识你。"水獭说道，他们俩一下子就成了朋友。

"哪里都吵闹得很！"水獭继续说道，"今天似乎整个世界的动物都跑到河上来了。我到这回水处来想图个清静，没想到又撞上你们俩！不过至少……对不起……你知道我不是那个意思。"

这时，从他们背后传来一阵沙沙声，他们回头一看，只见一个动物高耸着双肩，脑袋上印着条纹，从堆积着陈年枝叶的树篱深处看着他们。

河鼠喊道："过来啊老獾！"

獾向前挪了一两步，然后咕哝道："嗳！一堆人。"说完转身就消失不见了。

"他就是这样的家伙！"河鼠失望地说道，"对社交活动总是避之不及！好了，今天我们算是看不到他了。那么，和我们说说，今天谁在河上？"

"蟾蜍啊，"水獭回答道，"开着他崭新的赛艇，穿着一身新衣服，什么都是新的！"

他们俩对视了一下，然后齐声大笑起来。

"有段时间，帆船是他的挚爱，除了划帆船，其他什么他都不做。"河鼠说道，"接着他玩厌了，喜欢上了撑平底船，整天整夜地拿着蒿秆，撑得那叫一个高兴，最后搞得一团糟。去年他迷恋上了船房，结果我们所有人都不得不过去给他捧场，待在他的船房里，还得假装我们很喜欢。那时候他还说下半辈子都要住在船房里呢。他总是这样，做事只有三分钟热度，喜欢什么东西便一头扎进去，腻烦了之后又会喜欢上什么新的玩意儿。"

"他心倒是不坏。"水獭补充道，"就是没恒心，喜新厌旧，特别是对船这东西！"

眼前的小岛将他们和主河道隔了开来，从他们坐的地方，刚好能远远地瞥见主河道上的景致；就在那时，一艘赛艇飞一般驶入他们的视野，只见艇上一个矮小结实的身影正在奋力地划着船，水花溅得老高，看得出他连吃奶的劲儿都用上了。看来那就是蟾蜍了，河鼠站起身来向他挥挥手，他摇了摇头没有回应，两眼紧盯着赛艇一刻都不肯放松。

“他要是这么划，过不了一分钟就会掉水里的。”河鼠说着坐了下来。

“那还用说。”水獭咯咯笑着说道，“我有没有和你讲过那个蟾蜍和水闸看管人的故事？是这样的，蟾蜍……”

一只离群的蜉蝣横游在水面上，一看那晃头摆尾兴奋无敌的样子就知道是个初出茅庐的年轻蜉蝣，还满心怀揣着对新鲜事物的迷恋和憧憬。只听见“咕噜”一声，水面打了个漩，然后那蜉蝣便消失了。

水獭也不见了踪影。

鼹鼠低头一看，水獭刚刚躺过的草地已经空无一人，而他的话还在鼹鼠耳边回荡呢。他又抬头望了望远处的河面，就这一眨眼的工夫，连水獭的影子都看不见了。

不过，河面上又出现了一串流动的气泡。

河鼠哼起了小调，而鼹鼠想起动物礼仪中的一条规矩，一个动物的朋友不管在什么时候，出于什么原因，有时甚至是毫无缘由地不辞而别，旁人都不应该妄加评论。

“好啦，好啦。”河鼠说道，“我想我们应该动身回去了。我在想谁该收拾下这午餐篮呢？”听他这口气，好像对这件事没多大兴趣。

“噢，让我来吧。”鼹鼠说道。河鼠自然就顺水推舟让他收拾了。

收拾午餐篮可是个费力气的活儿，不像之前打开的时候那么有趣，这种事向来都是如此。当他收拾完篮子，牢牢地系上带子时，他看到草地上有个遗漏的盘子正幸灾乐祸地盯着他看，当他放进盘子再次系紧带子时，河鼠指了指落在一旁的一把叉子，谁都该看到的嘛。最后，瞧！这芥末瓶被鼹鼠坐在屁股底下，一直都没发现。不过鼹鼠打算一门心思地享受这一切，虽然过程曲折了些，还好没怎么发脾气，最后都顺顺利利地搞定了。

午后的太阳不知不觉地向西边垂落，河鼠优哉游哉地朝家的方向划着，半眯着眼，自言自语地吟着什么小诗，全然没注意身边的鼹鼠。而鼹鼠吃饱喝足，心满意足，觉得自己在船里已经如鱼得水了（那是他自己觉得），因而有点儿不安分了。不一会儿，他嚷道："河鼠兄弟！我想划划船！拜托！现在就想划！"

河鼠笑着摇摇头说："还不行，我年轻的朋友，等你学会了再划吧。这可不像看起来这么容易。"

鼹鼠老实地待了一两分钟，看到河鼠划得这么有力这么轻松，越想越嫉妒。虚荣心开始隐隐地作祟，在他耳边低语，你也能做得这么好。突然，鼹鼠一下子跳起来，抓过船桨。正出神望着湖面对着自己吟诵小诗的河鼠被这突如其来的动静吓了一跳，扑通一声向后跌倒在座位上，又一次摔得四脚朝天。而鼹鼠得意扬扬地站在河鼠的位置上，信心满满地抓着船桨。

"快停下，你个蠢蛋！"河鼠倒在船底里大声叫道，"你还不会划船呢！你会把船弄翻的！"

鼹鼠才不管河鼠的警告，炫耀地将船桨向后一挥，然后猛地往水里一舀，结果那桨压根儿连水面都没碰到，他自己却脚下一滑，整个人结结实实地落在了仰面躺倒的河鼠身上。他惊恐万分，一把抓住小船边缘，紧接着——哗啦！

小船翻了个底朝天，鼹鼠落到河水里没命地挣扎。

我的天！这河水真冷啊！噢！真是湿得要命啊！他的身体不停地往下沉往下沉，耳朵里嗡嗡直响！好不容易地他扒拉着双爪勉强浮出水面，喉咙里呛着水，想喊却又喊不出来，那太阳看起来多么明亮多么热情啊！又开始往下沉了，那绝望的呀真是没法形容！突然一只有力的爪子抓住了他后脖颈，是河鼠来了！他显然在大声笑着——鼹鼠可以感受得到，那大笑声从河鼠脸上绽放开来，顺着他的胳膊传到爪子上，最后传到了鼹鼠的后脖颈上。

河鼠抓起一个船桨伸到鼹鼠一只胳膊下面，又抓了一个伸到他另一只胳膊下面，接着从后面推着这个不知所措的动物游到岸边，吃力地把他拖上了岸。可怜的鼹鼠整个儿像丢了魂一样，湿漉漉软趴趴地瘫倒在岸上，连动弹的力气也没有了。

河鼠帮鼹鼠擦了擦全身，拧出点水来，接着说道："好啦，老伙计！你沿着这条纤道好好来回跑跑，把身子跑热了，让毛发晾晾干。我再下去捞那个午餐篮。"

鼹鼠浑身湿透，心里又愧疚得很，只能乖乖听话，来来回回地跑到最后毛发都干透了为止。而河鼠又跳进水里，游到小船边，把它翻了过来，接着跳上船，敏捷地从这边划到那边，把散落在各处的东西一一捞回来，最后又潜到水里找到了午餐篮，费劲儿地带着它上了岸。

终于，一切搞定，又可以整装待发了。鼹鼠拖着无力的双腿，耷拉着脑袋上了船，坐在他船尾的位置上。当他们缓缓离岸时，他轻声说道："河鼠兄弟，我宽容的朋友！我刚才真是蠢透了！我对自己刚才如此不知好歹的行为感到非常抱歉。刚刚险些把那漂亮的午餐篮弄丢，我心都疼死了。真的，我知道我就是一个不折不扣的混蛋。但是，你能不能大人不记小人过，原谅我这一次？我们还像以前一样好不好？"

"没关系啦，老天保佑你！"河鼠开心地回答道，"对我们河鼠来说，弄湿一点儿又没什么大不了的。大多数日子里，我在河里的时间可要比在岸上的时间多得多。你就别瞎想了。我有个主意！你要不过来和我住段日子。我的房子挺一般的，条件有点艰苦，不像蟾蜍的大房子，不过你还没见过那里。我保证让你住得舒舒服服的。这样，我可以教你怎么划船，怎么游泳，过不了多久你就能像我们一样在水上得心应手了。”

鼹鼠被河鼠这番话感动得哽咽不已，话都说不上来，只能用爪背擦去落下的几滴眼泪。河鼠善解人意地扭过头去假装没有看到。不一会儿工夫，鼹鼠又生龙活虎起来，听到有群黑水鸡在一旁“叽叽喳喳”嘲笑他落汤鸡的样子，他还不忘回敬几句。

一回到家，河鼠就在客厅里生起了明亮的炉火，把鼹鼠安置在火炉边的扶手椅上，拿了睡衣和拖鞋让他换上，然后自己也坐了下来，讲起了河流上的故事。这些故事对于老家在土壤里的鼹鼠来说可是惊心动魄得很。河鼠聊起那些宏伟的大坝，突如其来的洪流，跃出水面的飞鱼，抛掷硬质空瓶的汽船（至少那些瓶子真的是从汽船里抛出来的，想必是汽船扔的了），还聊到那些苍鹭，说他们见人说人话见鬼说鬼话，又聊到在排水沟里的探险，和水獭一起的夜钓，和獾一起的远足旅行。讲着讲着就到了吃晚饭的时候。晚饭特别丰盛，但吃完没多久，鼹鼠就困得眼睛都睁不开了。体贴的河鼠陪着他上楼，将他带到那间最考究的卧室里。鼹鼠听着他的新朋友河流在他窗台轻轻拍打的声音，枕着软软的枕头，平静而又幸福地进入了甜美的梦乡。

这一天仅仅是鼹鼠旅居水上生活的开始，之后的日子随着夏日的来临开始慢慢变长，每天都充满了乐趣。他学会了游泳和划船，尝到了在水上游走的乐趣，偶尔穿过芦苇丛，耳朵贴着芦苇秆时，他总能听到风声在其中絮絮低语。

第二章　大道

夏日里一个阳光明媚的早晨，鼹鼠突然说："河鼠兄弟，你要是不介意，我有事情想请你帮忙。"

那时，河鼠正坐在河堤上，全神贯注地哼着自己刚刚编的小曲儿，对鼹鼠和其他事情一点儿都不在意。那天一大早，他就和他的鸭子朋友们一块儿在河里游泳。当鸭子们习惯性地突然倒立起来，把头探到水下时——鸭子是会这样做的，河鼠就会潜到水底下去挠他们的脖子，如果鸭子有下巴的话，就是在他们下巴底下挠痒痒。鸭子们最后会忍不住痒痒，急忙把头抬起来，气急败坏地张开翅膀甩了他一脸羽毛，谁都知道在水底下有什么感受都说不出来，憋屈得很呢。三番五次之后，鸭子们只好求饶，让河鼠去做自己的事情，自顾自地别去找他们麻烦。于是河鼠走开了，在河堤上找了一处地方坐着晒太阳，随即编了一首关于鸭子们的小曲儿，是这样唱的：

小鸭嬉水曲

漂在静静的回水处，

游过长长的灯芯草，
鸭子们噼噼啪啪嬉着水，
把尾巴翘得老高！

公鸭的尾巴，母鸭的尾巴，
黄脚掌这么一划呀，
尾巴这么一翘，
黄黄的嘴巴不见了，
都在水底里忙！

水底软糯的绿青荇，
鳊鱼在其中穿梭，
这里就是我们的贮藏室，
阴凉食材多。

萝卜青菜各有所爱，
而我们，我们就爱
翘起尾巴倒立着，
嬉水快活多。

头顶蓝天高又高，
雨燕盘旋轻声叫，
我们就在水中耍，
所有尾巴都翘得老高！

“我觉得这小曲儿不怎么样，河鼠兄弟。”鼹鼠小心翼翼地评价道。他不是什么诗人，也不在意谁懂诗，倒是直率得很。

“鸭子们也不喜欢。”河鼠乐呵呵地回答说，“他们说‘为什么我们不能随心所欲想做什么就做什么？那些家伙坐在堤岸上老看着我们，品头论足不说，还作起诗编起小曲儿来了，真是胡闹！’鸭子们就是这么说的。”

“是呀，是呀。”鼹鼠实诚地应道。

“不，不是这样的！”河鼠愤然叫道。

“噢，好吧，那就不是啦，不是不是。”鼹鼠息事宁人地说道，“不过我刚想请你帮我个忙，你能不能带我去拜访一下蟾蜍先生？我听了好多关于他的事情，真的很想见见真人。”

“当然可以啊。”天性温厚的河鼠站起来，把他的诗歌抛到了脑后，对鼹鼠说道，“那你去把船准备好，我们现在就过去。去拜访蟾蜍什么时候都没错儿，早也好晚也好，他总是脾气好好的，一副很高兴见到你的样子，见到你要走总是会很不舍得！”

“那他肯定特别好。”鼹鼠说道。他跳上船拿起船桨，河鼠则舒舒服服地坐在船尾的座位上。

“他真的算得上是最好的动物了。”河鼠回应道，“他很单纯，脾气又好，而且很重感情。不过他不是很聪明，有点自以为是，爱吹牛皮，不过我们谁都不是十全十美的嘛，反正他有很多很棒的优点。”

拐过一个河弯，一栋美丽宏伟的红砖老房子出现在他们眼前，楼前的草坪修剪整齐，一直延伸到河流边缘。

“那儿就是蟾蜍庄园。”河鼠说，“左边那挂着‘私人领地请勿停泊’标志牌的小溪通往他的船库，等下我们把船停到那里去。右边是马厩。你现在看到的是宴会厅，这个可是很有年头的。蟾蜍相当富有，你要知道，这栋房子的确是这儿一带最好的房子之一了，不过我们当着他的面可从来不会这么说。”

他们顺着小溪划向船库。当划近时，鼹鼠收起了船桨。船库里堆放着好多漂亮的小船，不过它们不是被悬在横梁上，就是被搁置在挡板上，没有一艘是停在水里的。整个船库像废弃了很久的样子。

河鼠看了看四周，说道：“我明白了，看来船是已经玩腻了，他厌烦了就罢手不干了。不知道他现在又喜欢上什么新奇玩意儿了。来，我们去找他探个究竟。应该马上就能有所耳闻了。”

他们上了岸，踱步穿过开满鲜花的草坪，一眼便看见蟾蜍正躺在一把柳藤园椅上出神，膝盖上摊着一张大地图。

“呦嘿！”蟾蜍一看见他们，高兴得跳了起来，“真是太棒了！”他热情地和他们俩握了握手，都没等河鼠介绍一下鼹鼠，就围着他们俩手舞足蹈地继续说道：“太感谢你们了！河鼠兄弟，我正想叫人驾船去下游接你们呢，吩咐他无论你在做什么，都要把你立刻请过来。我现在非常需要你——你们两位。你们想喝点什么？来，快进来吃点东西吧！刚想叫你过来你就自己来了，你真不知道这有多巧！”

“蟾蜍兄弟，过来安静地坐会儿吧！”河鼠说完，径直坐在了一把舒服的椅子上，鼹鼠也在他旁边坐下，有礼貌地称赞了几句“漂亮的宅邸”。

“这里可是整个流域最棒的房子。”蟾蜍兴致勃勃地说道，“或者可以说是天底下最好的房子。”他情不自禁地加了一句。

听到这儿，河鼠用手肘杵了杵鼹鼠，但不巧的是，这一幕刚好被蟾蜍瞧见了。蟾蜍顿时涨红了脸，尴尬地沉默了片刻后，又哈哈大笑着说道：“好啦，河鼠兄弟，你知道我说话就是这样的嘛。而且我的房子确实不赖，是不是？你可是很喜欢这里的呀。好了，不开玩笑了。我们言归正传。你们两个得帮帮我，这件事情非常重要！”

“你是说你划船的事吧。”河鼠假装毫不知情，慢悠悠地说道，“你划得挺不错呀，不过水花溅得大了一点儿。你要再耐心些，让别人带带你，给你指点一二，说不定……”

“噢，呸！划船！”蟾蜍一脸厌恶地打断了河鼠，“那个真是愚蠢的小孩子玩意儿，纯粹是浪费时间，我早就不玩了。看到你们还划得起劲，把所有精力都花在那虚无缥缈的事情上，我打心眼里替你们觉得不值。不过我说的可不是这个，我发现了一件真正值得做的事情，是我这辈子唯一有真实价值的事情。我决定把我的余生都投入其中，过去这么多年时间和精力都虚掷在了一些琐事上，真是太浪费了。快跟我来，亲爱的河鼠兄弟，还有你这位亲切的朋友，如果你肯赏光的话，就在马厩院子里，你们一会儿就能看到它了！”

于是蟾蜍领着他们往马厩院子走去，河鼠一脸怀疑地跟在后面。只见从马厩里拖出了一辆簇新的吉卜赛大篷车，亮黄色的车身镶着绿边，车轮是红色的。

“就是它了！”蟾蜍向前大跨一步，展开双手大声叫道，“真正意义上的生活就在这小车里。开阔宽敞的大道，尘土飞扬的公路，石南丛生的荒地，废弃空旷的公地，树篱丛，俯冲的下坡路！你能去露营地，去村庄里，去小镇和城市里！今天在这里，一上车，一下车，明天这时候，你可就到了另一个地方了！一路旅行下来，所有都在变化，充满了乐趣和激情！整个世界就在你面前，地平线风景每天都在变化！而且！这辆车可是制作最精良的吉卜赛大篷车，绝对没有另外一辆能和它媲美。快进来看看里面的陈设，这些可都是我自己配置的，半句假话都没有！”

鼹鼠听得着了迷，迫不及待地跟着蟾蜍登上台阶钻进了大篷车。而河鼠只“切”了一声，把两手插进口袋里，立在原地一步也没挪。

车里的陈设的确小巧紧凑又舒适温馨。几张小小的卧铺，一张小桌子可以翻起来贴着墙面，还有一台灶，几个柜子和书架，住了一只小鸟的鸟笼，另外还有一些大小不一形状各异的盆啊锅啊罐啊壶的。

“所有东西一应俱全！”蟾蜍得意扬扬地说着，拉开一个橱柜，“你看，你想要的这里都有，饼干啊罐装龙虾啊沙丁鱼啊，这儿是苏打水，那儿是烟草，还有信纸、培根、果酱、纸牌和多米诺骨牌，你想要的应有尽有。”他们一边走下台阶，蟾蜍一边继续说道，“我们下午动身的时候，你会发现所有东西一样都不会落下。”

“不好意思，你刚才说什么？”河鼠嘴里嚼着根稻草，缓缓地说道，“我刚是听到你说什么‘我们’‘动身’‘今天下午’之类的话？”

“好啦，我亲爱的河鼠兄弟，”蟾蜍恳求道，“你就别用这么生硬又轻蔑的口气说话了，反正你肯定是要和我一起的。没有你我肯定做不了这事儿啊，你就行行好答应我吧，你可别和我争啊，我最受不了的就是这个了。你不会想一辈子守着那条沉闷得都要发霉的老河，住在河岸的窟窿里，把划船作为你唯一的消遣吧？让我带你去见见世面！让你成为一个真正的动物，哥们儿！”

“我才不稀罕呢。”河鼠固执地说，“我就不去，你再求我也没用。我就要守着我的老河，一如既往地住在我的洞穴里，划着我自己的船。而且，鼹鼠也会跟着我和我做一样的事情，是不是，鼹鼠？”

“当然啦！”鼹鼠忠心耿耿地说道，“我会一直跟着你，河鼠。你说怎么做我们就怎么做。”不过他又伤感地加了一句，“虽然蟾蜍这主意听上去挺……挺好玩的，但是我还是会一直跟着你！”可怜的鼹鼠！这冒险的生活对他来说又新奇又激动人心，那新鲜劲儿牢牢地吸引了他，他第一眼看到那辆亮黄色的大篷车和里面的陈设时就已经爱上了它。

河鼠一眼就看穿了鼹鼠的心思，有点儿动摇起来。他平生最讨厌让人失望了，他又喜欢鼹鼠，几乎愿意做任何事情来取悦他。蟾蜍在一旁密切地观察着他们俩。

“好啦，先进来吃点午饭吧。”蟾蜍使出一招缓兵之计，说道，“我们边吃边聊，现在不急着定下来。当然，我自己是无所谓的，就想让你们开心啊，‘我为人人’嘛！这可是我的座右铭。”

毋庸置疑，午餐很棒，就像蟾蜍庄园里所有其他的东西一样。席间，蟾蜍开始了他“挖墙脚”的计划，考虑到鼹鼠没什么经验，更容易被他说动，他便把河鼠晾在一旁，向鼹鼠发动了进攻。凭借他的三寸不烂之舌和天马行空的想象力，他口中的旅行和野外生活的乐趣像发光的精灵一样召唤着鼹鼠，鼹鼠听得蠢蠢欲动，坐都坐不住了。没过多久，不知怎么的，他们3个就把下午出发去旅行当作是既定的行程了。河鼠虽然还有点儿不确定，但是他温厚的天性还是战胜了他个人的抵触情绪。他那两位好友完全沉浸在对旅行的热切期待中，甚至把后面几周每天要做什么事情都已经规划好了，他怎么也不忍心泼他们的冷水。

当一切都差不多准备妥当后，计策得逞的蟾蜍喜滋滋地领着他的伙伴们到围场，让他们去抓住那匹老灰马。蟾蜍之前没有和老灰马商量过旅行的事情，而且更让马儿生气的是，蟾蜍要让他接手这趟风尘仆仆的旅程中最脏最累的活，他可老大不愿意，宁可待在围场里哪儿也不去。结果他们费了好大劲儿才把他套住。与此同时，蟾蜍往柜子里又塞了好多必需品，把一袋袋马粮、一兜兜洋葱、一捆捆干草和篮子挂到车子后面。终于，他们给老灰马套上缰绳，你一言我一语，闹哄哄地出发了。他们一路上说说笑笑，有时候步行在车轮旁边，有时候坐在车轱辘上。那真是个金灿灿的下午，就连一路上扬起的厚厚的灰尘闻着都让人觉得惬意。道路两旁的兰花散发着迷人的幽香，头顶上的鸟儿欢快地对着他们歌唱，好心的路人经过时会和他们问声好或者停下来夸奖两句他们的拖车。而兔子们坐在他们灌木丛的前门槛上，举着前爪惊叹道："噢，我的天！噢，我的天！噢，我的天！"

那天晚些时候，他们走有了几英里，来到了一块远离人烟的公共空地上，疲倦但又开心。下了拖车后，他们给老灰马松了缰绳让他自己去吃草，然后坐在拖车旁的草地上简单地吃起了晚饭，蟾蜍信口开河地说着接下来几天他要做的事情。幕布般的夜空里，星星变得越来越亮，越来越大，橙黄色的月亮不知从哪里突然钻了出来，静静地聆听着，陪伴着他们。最后，他们躺进拖车的卧铺里，蟾蜍蹬了蹬腿，睡意蒙眬地说道："好啦，晚安啦！这才是绅士应该过的生活！来聊聊你那条老河吧！"

"我从来不用嘴巴聊我的河。"河鼠耐着性子说，"你是知道的，我只是在心里想它而已。"末了，他可怜地轻声补充道，

“我每时每刻都在想它！”

鼹鼠从毛毯里伸出爪子，在黑暗中摸索到河鼠的爪子，贴心地紧紧握了一握，然后悄悄说道：“河鼠兄弟，你想做什么我都愿意。要不我们明天早上，起个大早，回我们河上的老家去？”

“不，不，我们坚持到最后。”河鼠压低嗓子回应道，“你的好意我心领了，但是我应该陪着蟾蜍一起结束这趟旅行。留他一个人实在不安全。这要不了多久的，他永远都是三分钟热度。晚安啦！”

这一切果真结束得比河鼠想象得还要快。

由于一个劲儿地在外面兜风玩耍，一整天兴奋得要命，蟾蜍睡得死沉死沉的，第二天早晨鼹鼠和河鼠怎么摇都摇不醒他，他们只好蹑手蹑脚地走出了拖车，精神抖擞地干起活来。河鼠照料好老灰马，生起火，清理了昨夜里吃剩的杯子和盘子，又准备了早餐；而鼹鼠一路小跑到最近的一个村庄，那可有不少路，买了牛奶、鸡蛋和各种必需品，蟾蜍压根儿没记起来要把这些东西带上。最后，所有该做的事情都做完了，他们俩累得筋疲力尽，刚坐下来休息时，蟾蜍精神奕奕地出现了，感叹着他们现在过的这生活多简单多轻松，都不用担心在家里时打扫房子的累与乏。

那一天，他们漫步在绿草如茵的山岗上，沿着狭窄的小道前进，和之前一样驻扎在一片公共空地上，只不过这次，蟾蜍的两位客人确保蟾蜍也做了他应该做的一份活儿。结果第二天早上，蟾蜍对这淳朴的原始生活可没了之前那么高的兴致，赖在床上不肯起来，不过最后还是被拖下了床。他们照旧在乡间小道上穿行，直到下午才来到大道上。这是他们的第一条大道，而一场未知的灾难也正以迅雷不及掩耳之势向他们靠近。这对他们的旅程来说无疑是沉重的打击，而蟾蜍的后半生也由此产生了翻天覆地的变化。

他们悠闲地漫步在大道上，鼹鼠坐在老灰马的脑袋上陪他聊天，因为老灰马抱怨说他们把他晾在一边，谁都不关心他。蟾蜍和河鼠在车后面聊天，至少蟾蜍的嘴巴一直没停过，河鼠有一搭没一搭地应和几句“是的，正是如此，那你对他说了什么”，而心里却完全想着另一件事。这时候，他们听到后面隐约传来一阵嗡嗡声，就像从远处飞来一只蜜蜂。回头一看，后面扬起的一片尘土中有一个黑色的东西，正朝他们全速奔来，发出的“噗噗”声像一个动物躁动不安时的哀号。他们仨谁都没把这放在心上，扭过头继续聊着天。结果一瞬间（他们是这么觉得的）平静的气氛一下子被打破了，一阵狂风伴着一声巨大的回旋声吓得他们一跃而起，跳到了一旁的壕沟里，那东西直冲他们而来！“噗噗”声厚颜无耻地冲击着他们的耳膜，就那么一眨眼间，他们看到闪光玻璃里的内饰和昂贵的摩洛哥皮革。原来是辆豪华汽车，硕大威猛得让人窒息，里面的驾驶员全神贯注地趴在方向盘上，所有的尘土和空气就在那一瞬的摩擦中旋成一团，整个儿把他们仨围了起来，迷了他们的眼。等他们再睁眼看时，那汽车已经变成远处黑黑的一小点，随后又变回了那个嗡嗡作响的蜜蜂。

当时，老灰马迈着步子缓缓地走着道儿，心里想念着他宁静的围场，这突如其来的场面吓得他魂飞魄散。鼹鼠在他头上大声叫着不要慌不要慌，但他什么都听不进去，反而那激烈的言语让他更加慌乱。他惊得扬起前蹄，猛向前冲了几步，又一个劲儿地往后退，把拖车推到了路边壕沟里。车子先是摇摆了一下，接着只听“哐当”一声巨响，那亮黄色的拖车瘫倒在壕沟一侧，成了一堆无药可救的残骸，而他们的骄傲和欢乐，也在那一刻扑灭在了那里。

河鼠气得上蹿下跳，义愤填膺地挥舞着拳头叫道：“你们这些坏人！恶棍！拦路抢劫的强盗！你们……你们……猪头司机！……我要把你们绳之以法！我要举报你们！我要把你们告上法庭！”他一扫之前忧郁的乡愁情绪，摇身一变，成了这艘亮黄色船舰的船长，那些挑衅的水手莽莽撞撞地把他的船挤得搁了浅。他绞尽脑汁回想当时对那些汽艇舵手所说的刻薄又恰如其分的狠话。那些汽艇有时候开得离岸很近，冲溅起来的河水把他客厅的地毯都泡坏了。

蟾蜍伸着两腿直挺挺地坐在尘土飞扬的大道当中，两眼直勾勾地盯着汽车消失的方向。他呼吸急促，脸上一副心满意足的样子，还时不时地轻声嘟囔着“噗噗”！

鼹鼠用了好长时间才把受惊的老灰马安抚好，然后他走到壕沟旁看了看侧翻的马车。这一幕实在是惨不忍睹。上面的面板和窗户已经撞碎了，车轴弯得厉害，轮子也掉了一个，沙丁鱼罐头散落了一地，鸟笼里的鸟儿可怜地哭着，哀求着想要出来。

河鼠走过来想帮鼹鼠一起把马车扶起来，但是他们俩的力气还不够，于是对着蟾蜍叫道：“喂！蟾蜍！快过来搭把手啊！”

蟾蜍没回话，动也没动一下。于是他俩过去看看他到底怎么了。只见他精神恍惚，面带微笑，眼睛还盯着肇事者驶离的方向，间或听到他“噗噗”的嘟囔声。

河鼠摇了摇他的肩膀，厉声问道：“蟾蜍，你到底来不来帮我们？”

“多么精彩多么震撼人心的场景啊！”蟾蜍喃喃地说道，一动也不动，“这是行动的诗篇！这是旅行真正的方式！这是旅行唯一的方式！今天在这里，明天就走到下周的路程上了！路旁的村庄一晃而过，城市也会立刻被甩在身后……总是给人一个远去的背影！噢！这是多么幸福的事情！噢，噗噗！噢，我的天！噢，我的天！”

“哎呀，蟾蜍，你别傻了行不行！”鼹鼠失望地喊道。

“你想想我居然之前不知道！”蟾蜍做梦似的继续自言自语道，“过去这些年我都白活了，我做梦都没想到过！但是现在，现在我知道了，我现在总算知道了！从今往后，一条布满鲜花的大道就会展现在我的面前！我要飞速驰骋，在身后卷起漫天云朵般的滚滚尘土！我要威风凛凛地疾驰而过，毫无顾忌地把拖车掀翻在路边的壕沟里！讨厌的小拖车……这么其貌不扬……亮黄色的拖车！”

“我们该拿他怎么办？”鼹鼠问河鼠。

“我们什么都做不了。”河鼠确信无疑地回答道，“因为真的没办法。你知道我认识他不是一天两天了。他现在是对一个新玩意儿着了魔，就是这么开始的。这样子还会持续几天，他就像梦游着走路一样，什么事都干不了。别理他，我们还是过去看看该怎么处理那拖车吧。”

仔细检查了一番后，他们发现就算把车子扶正也是用不了的。车轴已经弯得不成样子了，掉了的车轮也摔得粉碎。

无可奈何下，河鼠给老灰马套上缰绳，一手牵着他，另一只手提着鸟笼，里面的小鸟一直在歇斯底里地叫着。“来！”他沉着脸对鼹鼠说道，“到最近的小镇有五六英里地，我们只能走过去了。越早动身越好。”

“那蟾蜍怎么办？”当他们启程时，鼹鼠焦急地问道，“我们不能把他一个人扔在这大马路上，他神志不清呢！要是又有什么东西过来怎么办？太危险了。”

“哎呀！管他呢。”河鼠狠狠地说道，“我可是受够他了！”

不过他们没出走多远，就听见后面传来一阵轻快的脚步声，原来是蟾蜍跟了上来，他挽起他们俩的手肘，还是那副呼吸急促、两眼放空的样子。

“听着，蟾蜍！”河鼠没好气地说道，“我们一进小镇，你就立即去警察局，看看他们知不知道这辆车，会不会认识这车的主人，然后报个案。你还得去找个铁匠或木轮工，找人把车给拖回来修理停当。这肯定需要些时间，车子摔得是有些糟糕，但也不是完全修不了。我和鼹鼠会找家舒服的旅店，等到把车修好，你恢复正常了再走。”

“警察局！报案！”蟾蜍梦游般地嘟哝道，“叫我去告那上天赐给我的美丽绝伦的东西！修那破拖车！我再也不要拖车了。我再也不想见到或者听到它。噢，河鼠兄弟！你一定想不到我多么感激你同意陪我来这趟旅行！没有你我肯定不会来，那我也就不会看到那……那只天鹅，那束阳光，那道雷电！我可能根本不会听到那迷人的声音，或者闻到那有魔力的气味！这一切都要归功于你啊，我最好最好的朋友！”

河鼠绝望地转过身，隔着蟾蜍的脑袋对鼹鼠说：“你看到了吧？他简直没救了。我是放弃了。等我们到镇上，我们还是去火车站吧，运气好的话我们能搭上火车，今晚就能回到河堤。你看好喽，我以后再也不会和这个惹是生非的家伙出来玩了！哼！”在接下来疲惫的跋涉途中，河鼠都不搭理蟾蜍，只和鼹鼠说着话。

到了镇上后，他们径直去了火车站，把蟾蜍安置在二等舱的休息室里，给了一个服务员两便士，让他牢牢看着蟾蜍。随即他们把老灰马留在了一个旅店的马厩里，尽其所能地把拖车的地点和上面的东西清楚地描述给旅店主人听。最终，一辆慢车把他们带到了离蟾蜍家不远的一个车站。他们把着了魔梦游似的蟾蜍护送到家门口，带他进了家门，吩咐他的管家给他喂点儿吃的，然后帮他脱了衣服带他上床睡觉。然后，他们去船库拖出他们的船，划回了家。当他们在自己温馨的河岸边客厅里吃上晚饭的时候，天已经很晚了，但是河鼠别提有多高兴多满足了。

第二天鼹鼠睡了个懒觉，慢悠慢悠地过了一整天。傍晚，他坐在河边钓鱼的时候，和朋友闲聊完的河鼠踱着步子过来对他说："你听说了没？今天整个河堤都在谈论一件事。蟾蜍今早赶早班火车去了城里，然后预定了一辆又大又贵的汽车。"

第三章　原始森林

鼹鼠一直都心心念念地想要结识獾。从大家谈论他的口气中，鼹鼠可以听出他是个重要人物，平时虽然很少露面，却给所有人一种无形的影响力。但是，每次鼹鼠和河鼠说起他想结识獾的时候，河鼠总是推三阻四的。"可以啊。"河鼠会说，"獾过几天就会出现的……他总是会出现的……到时候我给你们俩介绍介绍。他可是最棒的！不过你可不能只凭第一印象，日子越久你会越知道他的好。"

"你就不能请他过来吃个饭什么的吗？"鼹鼠说。

"他不会来的。"河鼠简短地回答道，"獾最讨厌社交活动了，什么邀请啊聚餐啊之类的。"

"那这样的话，要不我们上门去拜访他？"鼹鼠建议道。

"噢，我肯定他不喜欢这样。"河鼠惊慌地说道，"他非常非常害羞，我们要是贸然前往的话他肯定会很生气的。虽然我和他很熟，但是我自己也不敢冒昧地去他家拜访。而且，我们也去不了，他住在原始森林深处，我们是不可能过去的。"

"好吧，就算他是住在那里。"鼹鼠说，"你之前不是说原始森林挺不错的嘛。"

“噢，我知道，我知道，是不错。”河鼠闪烁其词地说道，“不过我觉得我们现在还是不要去那里。现在还不行。从这儿过去可有不少路呢，而每年这时候他都不会在家。如果你安静耐心地等着，说不定哪天他就过来了。”

鼹鼠只能作罢。不过獾一直没有来。而鼹鼠每天都有好玩的事情做，他也就不想这一茬了。随着日子一天天过去，夏天带着火球般的太阳逐渐远去，天气渐渐冷了下来，外面天寒地冻，满地泥泞，他们俩只能待在屋子里哪儿也去不了。窗外漫涨的河水淌得飞快，划水时都不知道是自己在划水还是河流在划自己了，所以划船也只好作罢。这时候，鼹鼠又执着地想起了孑然一人的灰獾，想到他在原始森林深处的洞穴中独自一人过着离群索居的生活。

冬天的时候河鼠睡得特别多，每天早睡晚起。在短短的一天里，他有时候写写小诗或者做做零碎家务。当然了，总有动物过来串串门聊聊天，大家会讲很多故事，聊聊这个夏天都做了些什么。

当你回头看看过去的这一整个夏天，会发现这是多么精彩绝伦的一个章节！其中的一幅幅插图颜色明丽，多得让人目不暇接！河堤上的庆典游行队伍一个接着一个地登台展现，宛如不断更迭的风景画一般。紫色的珍珠菜到得最早，她们晃动着一头茂密纠缠的长发，站在镜子般的水面边上对着自己的倒影莞尔一笑。柳兰也紧随其后，那温婉沉思的样子像极了日落时天边粉色的云彩。接着，紫色和白色的聚合草肩并着肩手拉着手，蹑手蹑脚地混在了队伍后面走了上来。最后，一天清晨，羞怯的犬蔷薇姗姗来迟，迈着曼妙优雅的步伐登上舞台。她的登场犹如弦乐队从庄严的和声向欢乐的嘉禾舞曲的转变——众所周知，六月来临了。不过，还有一位朋友让大家翘首以盼，他是仙女们追求示爱的牧羊少年，是少女们倚在窗边等待的英勇骑士，是吻醒了夏季这位公主，让她重获新生的英俊王子。但是，当温文尔雅香气扑鼻的绣线菊穿着琥珀色的短款上衣，步履优雅地加入队伍中时，好戏便开演了。

那是多么精彩的一出戏啊！当风雨在外面敲打着动物们的门窗时，昏昏沉沉的他们懒洋洋地睡在洞穴中，回忆着那平静的早晨。在日出前一小时，雾气尚未散去，整条河流被笼罩在蒙蒙的雾霭中，突然太阳从云层中喷薄而出，水中扑通一声响，岸边有动物蹦跶着跑过，大地、空气和河流都一改刚才的容貌，顿时容光焕发起来。那灰蒙蒙的一切都洒满了金光，五彩缤纷的颜色染满了每个角落。他们还想起那酷热难耐的午后，在幽深的灌木丛中睡上一个慵懒的午觉，灿烂的阳光透过茂密的枝叶，洒下晃眼斑驳的光点。下午在河上划船，在河里洗澡，走过尘土飞扬的小巷，在金黄的玉米地里穿行。最后终于迎来了漫长凉爽的夜晚，大家都聚在一起谈天说地，朋友们叙叙旧聊聊天，为明天的探险做着打算。在冬季短暂的日子里，动物们围在火炉边上总有说不完的话，聊不完的天。但尽管如此，鼹鼠还是有大把空闲的时间。一天下午，河鼠坐在火炉边的扶手椅上，斟酌着小曲儿里蹩脚的声韵，时不时地打打瞌睡。鼹鼠则下了决心打算去原始森林探探险，没准儿能遇上獾，和他交个朋友。

那天下午，鼹鼠从温暖的客厅里溜了出来。外面寒冷而寂静，头顶上的天空像涂了铅一样沉闷。在他四周，树叶凋敝，所有一切都光秃秃地展现在他眼前，让他觉得视野从未如此开阔过。大自然像是在一年一度的酣睡中踢掉了身上的衣服和被子，让鼹鼠特别亲近地看到了她的真面目。夏日里那些枝叶茂密的神秘探险基地，像杂树林啊，小山谷啊，乱石坑啊，现在都连同他们那些小秘密被袒露得一览无余，他们似乎在可怜巴巴地恳求着鼹鼠别再看他们现在这副空空荡荡、贫困潦倒的窘迫相，等来年夏天待他们重新盛装打扮，戴上魅惑的假面之后，再来和他玩捉迷藏的游戏。这一切看上去让人觉得有些可惜，但是又让人开心，甚至让人欢欣鼓舞。鼹鼠喜欢这种未加装饰、素面朝天、返璞归真的样子，他触及了大自然最真实的一面，它是那么美好、坚韧又如此简单。他不想要温暖的三叶草，也不想玩播种小草的把戏；他也不想要一道道树篱屏风，瀑布般的毛山榉和帘幕般浓密的榆树最好也离他远远的。鼹鼠就这样兴高采烈地向前面的原始森林走去。但那原始森林却低匐着身体，气势汹汹地看着他，像隆起在平静南海上的一片黑色礁石。

刚进森林里的时候没什么可怕的。树枝在他脚下吱嘎作响，横躺着的木头结结实实地绊了他好几下，长在树桩上的菌菇像信手拈来的抽象画，似曾相识却又遥不可及，倒是把他吓了一跳。但是，所有这些又好玩又令人兴奋，他就继续向前走着，渐渐地光线越来越暗，树枝凑得越来越近、越来越低，两旁的洞穴朝着他张着丑陋的大嘴。

四周万籁俱寂。黄昏的雾霭迅速地朝他逼拢过来，包围在他前后，而亮光像落潮的海水般逐渐褪去。

然后，那些面孔出现了。

一开始，他模模糊糊地看到肩后有一张邪恶的锥子样小脸，从一个洞穴中向外望着他。当他转头想看个究竟时，它就消失不见了。

他加快了脚步，强作镇定地安慰自己不要乱想，不然就没完没了了。他经过一个洞穴，是的！又经过一个，不是！又经过一个，是的！啊哟！那绝对是一张窄窄的小脸，两眼尖锐，在洞口闪了一下又不见了。他迟疑了一下，接着又鼓起勇气来大步向前走。突然一瞬间，又好像自始至终，远远近近几百个洞穴中都有一张面孔，在洞口一闪而过，对他狠狠地盯上一眼，眼神邪恶、冷峻又凶残。

鼹鼠想，要是他能摆脱掉土坡上的这些洞穴，那就不会再看到这些面孔了。这样想着，他拐了个弯，离开小路，一头扎进了杳无人迹的林子深处。

然后，响起了哨声。

乍听到时，那哨声微弱尖细，在他身后很远的地方响起，但他仍紧张地迈着大步朝前赶。接着那相同的哨声在他前面很远的地方也响了起来，他犹豫着要不要往回走。当他停住脚步艰难抉择的时候，那声音在两头同时响了起来，一声接着一声此呼彼应，穿透了整个森林直到尽头。很明显他们都竖着耳朵警惕着准备好了！不管他们是谁！而他……他就一个人，手无寸铁，孤立无援。而夜幕开始降临了。

这时，响起了啪嗒啪嗒的声音。

起初，他以为那不过是落叶的声音，因为很轻很弱。但接着，那声响开始变为有规律的节奏，毫无疑问那是远处一双小脚爪踩在地上的脚步声，它到底是在前面还是后面？好像是前面，又好像在后面，不对，两面都有。他焦虑不安地听听这边，又听听那边，脚步声越来越大，越来越多，从四面八方朝他聚拢起来。当他正原地站着一动不动侧耳倾听时，一只兔子从树丛间急速向他跑来。鼹鼠愣在原地，想着兔子应该会慢下脚步或转弯跑到另一条路上。可恰恰相反，那兔子从他身边蹿过，差点没把他撞倒了。他瞪着眼睛，一脸固执冷酷。鼹鼠听到他咕哝着：“离开这里，你个笨蛋，离开！”见他绕过一个树桩，消失在附近的一只兔子洞里。

那啪嗒啪嗒的脚步声越来越响，像是突如其来的冰雹砸在他周围的枯叶堆上。整个森林好像都在奔跑，跑得飞快，似乎在狩猎，在追逐，在四面包抄着什么东西或什么人？惊慌失措的鼹鼠于是也开始没头没脑地狂奔，一点儿方向都没有。他不是撞上了什么，就是一跟头翻进了什么里面，不是从什么东西底下飞奔而过，就是躲闪着绕开了什么。最后，他找到了一处藏身的地方——在一棵老榆树幽深的黑洞里。那儿挺隐蔽的——没准儿会很安全，但是谁知道呢？不管怎样，他已经跑得精疲力竭，一点儿力气都没有了，只能蜷成一团窝在树洞里的枯叶堆中，祈求一时的安全。他躲在那里喘着粗气，浑身战栗，听着外面的哨声和脚步声，这才完全明白那些住在田野树篱里的小动物在这里的遭遇，这就是他们被吓得魂飞魄散的可怕时刻——也是河鼠曾经煞费苦心不想让他知道的——原始森林的恐怖！

而在这个时候，河鼠正暖和舒适地在火炉旁打盹，那写了一半的诗歌从他膝盖上滑落。他向后仰着头，半张着嘴，徜徉在梦中青翠欲滴的河堤上。这时，火炉里的煤块滑下一角，火焰噼啪作响，蹿出一簇火苗，把河鼠吵醒了。他想起之前埋头在做的事情，弯下身捡起地上的诗稿，冥思苦想了一小会儿，又抬起头四处寻找鼹鼠，想问问他知不知道什么好词来押韵。

但是鼹鼠却不在那里。

他竖起耳朵听了一会儿，房子安静得出奇。

然后他叫了几声“鼹鼠小弟”，都没有回应，便起身走到门廊里。

平常鼹鼠挂帽子的挂钩现在空了，那双总是放在雨伞架边上的长筒套靴也不见了。

河鼠走出屋子，仔细搜寻泥地上的踪迹，希望能找到鼹鼠的脚印。脚印找到了，肯定没错。那双长筒套靴是入冬时刚买的，鞋底的纹路轮廓还很清晰。他看到泥路上的脚印径直延伸向了原始森林。

河鼠一脸凝重，站在原地沉思了一会儿，然后转身回屋，往腰上扎了根皮带，别上一把手枪，又从门廊角落里抄起一根结实的棒子，迈着快步矫健地朝原始森林走去。

等他走到森林边上时，已经到了黄昏时分。他毫不犹豫地一头钻进森林中，左顾右盼，焦急地寻找着他朋友的身影。不怀好意的小脸从四处的洞穴里钻出来，但一看到河鼠这英勇无畏的架势，腰间的手枪和手里攥着的硕大丑陋的大棒，便立即消失了。刚进森林时听见的清晰的哨声和脚步声一会儿也销声匿迹了，四周一切都寂静无声。他勇敢地沿路穿过整个森林，一直走到尽头，又折回来，撇开所有的小路，横穿森林，一整片一整片地搜寻，嘴里不停地轻快地呼唤着："鼹鼠小弟！鼹鼠小弟！鼹鼠小弟！你在哪儿呀？是我，你的老兄河鼠啊！"

他耐心地在森林里搜寻了一个来小时，末了，终于听到了一声微弱的应答，开心得不得了。顺着声音，他奋力穿过一丛黑幽幽的浓密树林，在一棵老山毛榉树下找到了一个树洞，里面传来一个颤巍巍的声音："河鼠兄弟！真的是你吗？"

河鼠爬进树洞，找到了筋疲力尽仍在不停发抖的鼹鼠。"噢，河鼠！"他叫道，"我都要吓死了，你都想象不出来！"

"噢，我能理解。"河鼠安慰道，"不过鼹鼠，你真不该自己过来。我尽我所能不让你上这儿来的。我们河岸边的动物几乎从不独自来这儿。如果要过来，至少会结伴而行，这样才不会有什么闪失。而且，来这儿可得知道好多东西，我们都已烂熟于心了，可你还什么都不知道呢。我是说那些有震慑力的密码啊，标志啊，暗语啊，贴身携带的植物啊，倒背如流的口诀啊，还有练得炉火纯青的躲闪技巧和窍门。听起来有点复杂，不过一旦你掌握了就易如反掌了。如果你是个手无缚鸡之力的小动物，你就不得不了解这些，否则就会有麻烦。当然如果你要是獾或者水獭的话，那就另当别论了。”

“那勇敢的蟾蜍先生肯定不怕独自一个人来这儿吧？”鼹鼠问道。

“老蟾蜍？”河鼠哈哈大笑道，“你就算给一大袋金币，他也不会独自在这儿露脸的，他肯定不会。”

鼹鼠听到河鼠无所顾忌的大笑声，看到他手里的大棒和漆黑发亮的手枪，心中有了点底气，开始觉得胆子大了起来，身体不发抖了，头脑也清醒了。

“好啦。”不一会儿河鼠说道，“我们必须得提起精神，趁着还有点亮光赶紧回家。你要知道，在这儿过夜可不行。光是这冰冷的温度就让人受不了。”

“亲爱的河鼠兄弟，”可怜的鼹鼠说道，“我真的非常非常抱歉，但是你也看到了，我实在是累坏了，如果要回家的话，你得让我再休息一会儿，攒点力气。”

“噢，好的。”性情温顺的河鼠说道，“你好好休息一下，反正现在也差不多漆黑一片了，过一会儿还会有点月光。”

于是鼹鼠躺在枯叶堆中，舒展开四肢，不一会儿就睡了过去，不过因为心里不踏实，时睡时醒的。河鼠也用树叶把自己盖起来取暖，耐心地躺在一旁，手中握着手枪。

当鼹鼠睡醒过来时，精神好多了，恢复了往常的精气神。河鼠说道："好啦！我去外面看一眼，要是没什么动静，我们就必须出发了。"

他走到树洞口，探头出去。鼹鼠听到他轻声地自言自语道："喂！喂！这里……下得咧！"

"河鼠兄弟，怎么了？"鼹鼠问道。

"雪来了。"河鼠简略地回答道，"应该说，下雪了。下得很大呢。"

鼹鼠上前蜷在他身边，伸头向外瞧，刚刚那面目狰狞的森林现在可变了样：洞穴、山谷、池塘、洼地和其他黑幽幽的令人发怵的一切正迅速地消失在他们眼前，一条闪闪发亮的仙境地毯正在四面八方编织起来，精致得让人舍不得把脚踩在上面。漫天飞舞着粉末般的雪花，轻拂在脸颊上时有一丁点儿刺痛的感觉。黑洞洞的树枝隐隐发光，像是有光从下面往上照着它们。

"哎，好吧，那也没办法。"河鼠沉思了一会儿说道，"必须要出发了。我想只能碰运气了。最糟糕的是，我不知道我们现在确切的位置。这雪一下，所有的东西看上去都变了样。"

可不是嘛，鼹鼠都怀疑这是不是刚才自己待过的那个森林了。不管怎样，他们还是勇敢地出发了，选了一条看上去最有希望走出森林的路线，互相搀扶前行。路上每遇到一棵还没被雪覆盖的树，冷冰冰地对着他们不说话，或者在白茫茫的雪地里和黑洞洞的树丛中发现那缺口处、间隙里或道路旁有一个眼熟的弯口，他们脸上就会堆起一副坚不可摧的笑容，装作遇到了老朋友一样开心得不得了。

他们走了有一两个小时吧——早已记不清时间了——一路

上磕磕绊绊，好几次掉进洞穴中，全身也湿透了，累得浑身酸痛不说，还摔得身上青一块紫一块的；雪越积越厚，他们的两条小短腿几乎迈不开步子，而树越来越密越来越紧，这森林好像无边无际，清一色的连一点变化也没有，最糟糕的是，连一条出去的路也看不到。这毫无希望的雪海实在让人沮丧极了，疲惫不堪的他们俩停下脚步，坐在一根卧倒的树枝上歇口气，想想接下来该怎么办。

“我们不能待太久。”河鼠说道，“要再试一下，总得做点什么。天冷得实在是不像话，雪要是再积厚点我们就走不了了。”他眯着眼看了看周围，寻思着。“哎，对了。”他接着说道，“我突然想起来，你看前面那一块儿起伏不平的像是一块小谷地。我们往下走看看，找找有没有干燥的洞穴之类的，可以躲一下风雪，好好休息一下再出发，现在真是累得够呛。而且，雪等下也许会停，说不定会有什么好事发生呢。”

于是，他们又站了起来，跌跌撞撞地朝谷地走去，企图找到个干燥的洞穴或角落，让他们能歇歇脚，躲避那呼呼的冷风和疾走的雪花。当他们在河鼠刚提到过的隆起处搜寻时，鼹鼠突然尖叫一声，脸朝下绊倒在地上。

“噢，我的腿！”他叫道，“噢，我可怜的小腿！”他坐在雪地上，用前爪揉着他的腿。

“可怜的鼹鼠兄弟！”河鼠同情地说道，“看来你今天不怎么走运呀，是不是？来，让我来看看你的腿。”他跪下来看了看，继续说道，“你的小腿划伤了。你等着，我拿手绢给你包扎一下。”

“我肯定是被一根埋在雪里的树枝或树桩绊倒了。”鼹鼠痛苦地喊道，“噢，我的天！噢，我的天！”

“这伤口割得很整齐。”河鼠又仔细地检查了一遍伤口，“不可能是树枝或树桩划开的。看上去像是什么金属的尖锐边缘划到的。奇怪了！”他抬头看看四周起起伏伏的小山丘，沉思了一会儿。

“好啦，你还管它什么划过的呀。”鼹鼠疼得连话都说不利索了，“不管什么划过的，反正就是疼。”

但是，河鼠用手帕仔细地把鼹鼠的伤口包扎好后，便把他撂在了一边，埋头一个劲儿地在雪地里刨起地来。他又刮又铲，四个爪子不带停的，鼹鼠在一旁等得好不耐烦，时不时地叫道：“噢，你干吗呀河鼠！”

突然间河鼠喊道：“万岁！”接着又是“万岁万岁万岁”地喊着，兴奋得在雪地里跳起舞来。

“你到底找到什么了呀，河鼠兄弟？”鼹鼠揉着腿问道。

“你过来看！”河鼠手舞足蹈地说道。

鼹鼠跷着腿一蹦一蹦地跳到河鼠站的地方，认真地看了半天。

“嗯。”他最后慢吞吞地说道，“我看清楚了，这玩意儿以前见过，见得多了，就是个刮泥板啊！有什么好大惊小怪的？你干吗对着个刮泥板手舞足蹈啊？”

“可你看不出这意味着什么吗？你……你真是迟钝极了！”河鼠急躁地叫道。

“我当然知道这意味着什么。”鼹鼠回答道，“这就是说有个粗心大意爱忘事儿的家伙把他的刮泥板落在了原始森林深处，正好把每个从经过这里的人都绊上一跤。我觉得他真是没脑子。到了家我非向……向什么人……告他一状不可，你瞧好了！”

“噢，我的天！噢，我的天！”河鼠看到鼹鼠如此迟钝，绝望地叫道，“快过来，别废话了，过来和我一起刨！”然后他又俯下身刨起雪来，弄得他周围雪花飞扬。

经过河鼠坚持不懈的努力，一张非常破旧的门垫出现在了他们眼前。

“看吧，我说什么来着。”河鼠得意扬扬地说道。

“这算得上什么好东西啊。”鼹鼠实诚地回答道，“好吧，”他继续说道，“看来你又找到了一个废弃的家用垃圾。我猜你现在高兴坏了，想要围着它跳舞吧？你要是想跳就去跳吧，趁早跳完，我们好继续赶路，别在这垃圾堆里浪费时间了。这门垫能当食物吃还是能当被子盖着睡觉？还是你想坐在上面，像滑雪橇一样滑回家啊？我真被你气死了。”

“难……道……你……”兴奋的河鼠叫道，“看到这门垫你就没想到些什么吗？”

“河鼠，真的。”鼹鼠怒气冲冲地说道，“傻话说够了。谁听说过看到一个门垫就要想起什么的？它没什么意义，就是一块门垫而已，一块垫在门口的门垫。”

“听我说，你个木鱼脑袋，”河鼠气急败坏地回答道，“别闹了。如果今晚你想在干燥温暖的地方睡上一觉，那就闭上嘴什么话也别说，在这周围，特别是那些小山丘边上给我使劲刨，使劲挖，使劲找，这可是我们最后的机会了！”

河鼠说完就转头用他的木棍在一旁的雪堆里不停地这里捅捅，那里探探，然后疯了似的挖起来。鼹鼠也手忙脚乱地刨起来，倒不是因为别的什么，就只是为了让河鼠高兴而已，他心里面可是觉得他的朋友已经有点神志不清了。

差不多苦干了 10 分钟，河鼠的木棍碰到了什么东西，发出一声空洞的声响。他继续刨着雪，费力地将一只爪子伸进去摸索了一番，然后他叫鼹鼠过来帮忙。他们俩哼哧哼哧地费力地刨了一会儿，终于功夫不负有心人，当最终的成果展现在他们眼前时，鼹鼠震惊得目瞪口呆。

在那个看似白雪覆盖的斜坡上，立着一扇结实的小门，深绿色的门边上挂着一个铁质的门铃拉绳，下面一块小小的黄铜名牌上，工整地刻着几个大写字母。他们借着皎洁的月光，看到上面写着：

獾先生。

鼹鼠惊喜得一屁股跌坐到雪地上："河鼠！"他后悔地叫道，"你太神奇了！你真是了不起！我现在算是明白了！你在你那聪明的脑袋里一步一步论证了你的想法。从我摔倒划伤了小腿，你看到伤口的那一刻起，你聪明的脑袋瓜就说道'是刮泥板划破的'，然后你就转身找到了那只刮泥板！你难道就此打住了？没有。有些人会得意忘形，但你没有。你继续发挥着你的聪明才智，对自己说：'让我再找到一个门垫吧，这样就能证明我的推测了！'不用说，然后你就找到了门垫。你真是太聪明了，我打赌你能找到所有你想找的东西。然后你说：'那明摆着，不用看我都知道这里肯定有扇门，唯一要做的就是把它找出来咯！'我之前在书里读到过这样的事情，但是在现实生活中还从来没有碰到过。你在我们这些平庸之辈中真是被埋没了，应该去那些赏识你能利用你才能的地方。河鼠兄弟，要是我有你的头脑……"

"可是既然你没有，"河鼠不客气地打断道，"你是要坐在这雪地里唠叨一晚上吗？快起来，去拉那个门铃拉绳，使劲儿拉，我来敲门！"

河鼠用大棒敲着门，鼹鼠一跃而起，两爪抓住那拉绳，整个人都吊了起来，来回晃着门铃。隐约间他们听到远处传来一声低沉的铃声回响。

第四章　獾先生

他们俩在门外耐心地等待着，在雪地里跺着脚想让自己暖和一点儿，好像过了很久很久，他们终于听到里面有人慢吞吞地拖着脚朝门口走来。鼹鼠对河鼠说，这脚步声听起来像穿着一双又大又邋遢的拖鞋走在地毯上一样。鼹鼠这下倒是挺聪明，事实的确就是如此。

只听门闩向后一拉，门开了一条缝，从里面伸出一个长长的鼻子和一双睡眼蒙眬眨巴着的眼睛。

“听着，下次要是再这样，”一个生硬而多疑的声音说道，“我会非常生气的。这次又是谁半夜三更来打扰我？说话！”

“噢，老獾。”河鼠叫道，“请让我们进来吧。是我，河鼠，还有我的朋友鼹鼠。我们在雪地里迷路了。”

“什么，河鼠兄弟，我亲爱的老朋友！”獾惊呼道，完全换了种语气，“来，你们俩快进来。哎呀，你们肯定冻坏了吧。我真没想到！在雪地里迷路！还是在原始森林里，都这个点了，快进来吧！”

两个动物兴奋得跌跌撞撞地挤进门来，听到身后门“砰”的一下关上，大大松了口气。

獾穿着一件长长的睡衣，脚上的那双拖鞋的确邋里邋遢的，他爪子里举着一个扁平的烛台，看样子他们敲门的时候，他可能正要去房间睡觉。他俯下身和蔼地拍了拍他们的头：“今晚可不是小动物该出来转悠的时候。”他慈父般说道，“恐怕你们又在玩什么恶作剧吧，河鼠兄弟。过来吧，到厨房里来。这里有最暖和的炉火、最棒的晚餐，什么都有。”

獾引着亮光，慢吞吞地走在他们前面，他们俩满怀期待地互相杵了杵，跟着獾往下走过一条漫长而又阴暗的过道，说实话那过道着实简陋，然后来到一个中心厅室，从那儿隐隐约约能看到其他许多隧道像树枝一样向四面八方分岔开去，一眼看不到尽头。不过厅室里也有不少结实的橡木门，看上去很赏心悦目。獾打开其中一扇门，他们便立刻置身于一间点着燃燃炉火的温暖而明亮的厨房里。

房间地板上铺的是陈旧的红砖，宽大的壁炉里燃着一大堆木桩，两个漂亮的壁炉角藏在墙壁中，风一点儿都灌不进来。几把高背长靠椅对着壁炉放着，让客人坐得愈发舒服。房间中央放着一张朴实的长桌，就是支架上盖了几块木板，桌子两旁放着几把长条凳。在长桌一端，有一把向后推开的扶手椅，桌上散落着獾吃剩的晚餐，虽然是家常便饭，但也丰盛得很。房间一端的碗柜架子里，放着整排整排洗得光洁无瑕的盘子；在他们头顶的屋椽上挂着许多火腿，成捆的干草药、一网网洋葱和一篮篮鸡蛋。这里倒像个为英雄摆设庆功宴的地方，又像是一个能让一群疲惫的收割者围坐在桌旁，用他们的欢声笑语保护这个丰收之家的地方，还像是一个脾性相投的朋友们开心地坐在一起，惬意满足地吃着饭，抽着烟，聊着天的地方。红砖地板对着烟气熏染的天花板咧开嘴笑；那几把磨得光洁发亮的橡木高背长靠椅相视而笑；碗柜里的盘子对着架子上的锅抿嘴笑着；欢乐的炉火跳跃着漫无目的地和周围的一切玩耍着。

好心的獾把他们安置在一把高背长靠椅上，让他们烤烤火，示意他们把湿答答的外套和靴子脱下来，接着拿来了睡衣和拖鞋，用温水把鼹鼠的小腿洗干净，在伤口上抹上药膏，一会儿，鼹鼠就跟没事人儿一样了。这会儿坐在明亮温暖的房间里，他们俩身上暖和又干爽，把两条疲倦的双腿直挺挺地伸在面前，听着身后桌子上传来摆设碗筷的叮当声。这两个被暴风雪肆虐了一晚上的小动物现在终于躲进了安全的港湾，之前那个冰冷又无路可走的原始森林离他们很远很远，而他们所遭受的一切像是个已经忘了一半的噩梦。

而獾一直在后面忙碌地给他们准备着晚餐。准备妥当后，獾看他们已经烘干了，就招呼他们坐到桌边来。他们俩之前早已饥肠辘辘，但是真看到这满桌可口的饭菜时，却不知道到底应该从哪一盘下手——每盘菜看起来都美味极了，要是先吃这道菜，那道菜会不会在一旁耐心地等待着呢。他们埋头吃了很久后，谈话才慢慢开始继续，但他们满嘴都是食物，说话都说不清楚，一般人会觉得他们没有礼貌，可獾倒是一点儿都不介意，他也没注意到他们把手肘放到了桌面上[1]，或者两个人抢着说话。他自己从不社交，因此觉得这些规矩从来不值得一提。（当然，我们知道他的这种观念是不对的，太狭隘了。这些礼仪还是非常重要的，只不过三言两语解释不清楚。）他坐在长桌一端的扶手椅上，听着他俩讲述着自己的遭遇，不时严肃地点点

1 在传统英国的餐桌礼仪中，将手肘放在餐桌上是没有礼貌的一种行为。

头；不管听到什么，他都不会大惊小怪，也没说一句“我早就告诉过你啦”或者“我总是这么说的”这样的话，也不会倚老卖老地评论他们应该做什么什么，不应该做什么什么。于是鼹鼠对他更有好感了。

晚餐终于结束了，河鼠和鼹鼠肚子吃得圆鼓鼓的，一点儿都不想理会什么事或什么人，推开椅子围聚在熊熊的炉火边，心想着这么晚了，吃得这么撑，又无拘无束，真是太开心了。他们仨东拉西扯地聊了一会儿后，獾关切地说道：“那么，说说你们那边的新闻吧。蟾蜍老伙计最近怎么样？”

“噢，他呀，越来越糟了。”河鼠严肃地说道。一旁的鼹鼠把脚搁在椅背上烤火，脚翘得比脑袋还高，听到河鼠说起蟾蜍，竭力做出一脸悲哀的样子。“上星期又出了个车祸，撞得不轻。你知道，他车技真是烂到家了，还一定要坚持自己开。要是他能高薪雇个体面、稳重、技术好的司机，让他打点一切，那蟾蜍还是能过得不错的。但是，他偏不，深信自己天生就是个开车的料，听不进人家任何指导，所以咯，车祸接二连三的。”

“有多少次了？”獾神情沉郁地问道。

“你说车祸还是车？”鼹鼠问，“噢，好吧，对蟾蜍来说到头来就是一回事儿。这是第七次了。至于其他的……你知道他那间马车房吗？那些撞得稀巴烂的碎片已经堆成山了，每块比你帽子还小，都已经堆到房顶了！之前的六辆车都在那儿了，这还都是能看得见摸得着的。”

“他医院都进了三次了。”鼹鼠补充道，“至于那些他要交的罚款，真是想想都觉得糟心。”

“的确是。而且真正的问题还不止这些。”河鼠继续说道，“蟾蜍是有钱，这我们都知道。但是他不是百万富翁啊。他的车技奇烂无比，而且还不把法律规则放在眼里，这样下去，迟早要出事情，不是撞得车毁人亡就是赔得倾家荡产啊！獾，我们都是他朋友，难道不应该做些什么吗？”

獾紧锁眉头沉思了很久：“听着！”他最后非常严肃地说道，“你们也知道现在这时候什么也做不了吧？”

他的两位朋友不禁点点头，深表同意。根据动物礼仪的规定，寒冬季节是动物休养生息的时候，谁都不会在这时候做任何费劲儿的或英勇的事情，甚至连适度活跃的活动都要尽量避免。所有动物都昏昏欲睡——有些真的就是在呼呼大睡。这寒冷的天气多多少少影响着他们。前段时间暖和的时候，他们日日夜夜操劳着，浑身上下每块肌肉都受到了严苛的考验，体力也被消耗殆尽了，所以这会儿都要休息起来。

“那就好！”獾继续说道，“一旦天气有所好转，夜晚开始慢慢变短，天还没亮就会有动物醒来，浑身躁动着想要起身在日出前或日出时做些什么……你们懂的！”

另外两个动物严肃地点点头。他们明白！

“到时候，”獾继续说道，“我们——你、我，还有我们的朋友鼹鼠，会严肃地处理蟾蜍的这个情况。我们不会容忍任何瞎胡闹的行为，要让他清醒过来。即使用上蛮力也在所不惜，我们要把他变为一个理智的蟾蜍。我们要……河鼠，你睡着了！”

“没有啊！”河鼠一下子被惊醒了。

“吃完晚饭到现在，他已经睡着了两三次了。”鼹鼠大笑着说。不知道为什么，他自己倒清醒得很，甚至感觉活力四射。原因嘛，他生来就是生活在地下，獾的屋子正合他胃口，感觉就像回到了自己的家一样。而河鼠每天晚上睡觉都要开着窗，吹着从河面上拂来的凉风，这会儿在獾的屋子了，自然觉得空气不流通，有些昏昏沉沉的了。

“好啦，我们是该回屋睡觉了。”獾说完，起身拿起那个扁平的烛台，“来，你们俩过来，我带你们看看你们的房间。明天早上想睡多晚都没问题……早餐想多晚吃就多晚吃！”

他带着两个动物来到一间狭长的房间里，看上去既像是卧室，又像储备用的阁楼。獾储存的过冬食物随处可见，占据了半个房间——成堆的苹果、萝卜和土豆，满篮满篮的坚果，还有一罐罐蜂蜜。另一半空闲的地板上放着两张白色小床，看上去格外地柔软诱人，铺在上面的床单虽有些粗糙但很整洁，散发着一股薰衣草的清香。鼹鼠和河鼠半分钟不到就甩掉了身上的睡衣，一骨碌钻进床单里，开心满足地睡下了。

依照獾善解人意的嘱咐，这两个疲倦的动物第二天早晨很晚才下楼来吃早饭。厨房已经生起了明亮的炉火，两个年轻的刺猬正坐在桌子旁的凳子上，用木碗喝着燕麦粥。看到他们俩走进来，连忙放下手中的勺子，腾地一下站了起来，谦恭地低着头。

“好了，坐下，坐下。”河鼠亲切地说道，“继续喝粥吧。你们这两个小家伙从哪里来啊？在雪地里迷路了吧？”

“是的，先生。”年纪稍大的那个刺猬恭敬地说道，“这个是小比利，我们想要去学校——天气这样，妈妈还是要我们去——结果，先生，我们迷路了。比利年纪小，胆子也小，在森林里害怕极了，都吓哭了。最后我们碰巧走到了獾先生的后门，壮着胆子敲了门。先生，所有人都知道，獾先生是位好心的绅士……”

“这我知道。”河鼠边说边切下几块培根，鼹鼠在平底锅里放了几个鸡蛋。“那现在外面的天气怎么样了？你不必一直‘先生’‘先生’地称呼我。”他加了一句。

“噢，先生，非常糟糕，雪积得可厚了。”刺猬说道，“像您这样的绅士今天是不能出门了。”

“獾先生在哪里？”鼹鼠边在炉子旁热咖啡边问道。

“主人在他的书房里，先生。”刺猬回答说，“他说他今天早晨会非常忙碌，不想任何人去打扰他。”

在场的每位都完全理解这番话。而事实上，就如之前提到的，经过半年忙忙碌碌的生活，后面半年相对来说空闲一点，基本上都是在养精蓄锐休养生息。而在这段时间里要是有客来访或者有事要处理，你总不能直说你想要睡觉吧。而借口总是千篇一律的。大家都知道，獾饱饱地吃完早餐后，回到他的书房，坐在一把扶手椅上，把脚搁在另一把椅子上，用一块红色的棉手帕盖住脸，开始“忙碌”起这个时节的事情来。

这时，前门的门铃被拉得咣当咣当响，河鼠拿着黄油吐司满手是油，就叫那个年纪小一点儿的刺猬比利去看看是谁在门外。门廊里传来一阵脚步声，不一会儿，比利带着水獭进来了。水獭一下子冲过去给了河鼠一个大大的拥抱，热情地问候起他来。

“快放开我！”河鼠满嘴都是吃的，急忙说道。

“我就知道会在这里找到你们的。”水獭开心地说道，“我今早去河堤的时候所有人都紧张兮兮的。他们说，河鼠彻夜未归——鼹鼠也是——肯定发生了什么可怕的事情。而且，大雪把你们的脚印都覆盖了。但我知道大家一遇到什么困难，八成都会来这儿找獾，即使没来这儿，獾也肯定知道些什么。所以我就穿过原始森林跨过雪地，直接奔这儿来了！哦呦！其实还行，我过来的时候红彤彤的太阳已经升起来照在了黑洞洞的树干上了！走在悄无声息的雪地里，时不时有大团大团的雪扑通扑通地从树枝上滑落下来，吓得我一惊一乍、东躲西藏的。一夜之间，不知从哪里冒出来好多雪城堡、雪洞穴、雪桥、雪平台和雪壁垒——我真想在里面好好玩上一阵。我看到满地横躺着被积雪压断了的大树枝，知更鸟自鸣得意地在上面跳来跳去，一副'这都是我们的杰作'的样子。一排歪歪斜斜的大雁飞过灰色的天空，几只白嘴鸦在树顶上盘旋查看了一会儿，一脸嫌弃地扑腾着翅膀朝家飞去。一路走来，我连一个能问事儿的都没碰上。半路上，我见一只兔子坐在树桩上正用爪子擦着他那张傻乎乎的脸，就从后面爬过去，重重地拍了下他的肩，他可是被我吓得魂都掉了。我不得不在他脑袋打了几下他才回过神来。最后，我好不容易从他口中得知，有兔子昨晚在原始森林里见到过鼹鼠。他说，兔子洞昨晚上就在说这事儿，说河鼠先生要好的朋友鼹鼠遇到大麻烦了，说他迷了路，'他们'都出来追着他，戏弄着他，把他耍得团团转。我就问'那你们怎么不做点什么？你们也许天生没脑子，但是数量多啊成百上千的，个个膘肥体壮，肥得流油，而且你们的兔子洞四通八达，哪儿都能去，你们完全可以带着他让他安全舒服一点，或者至少试一试啊。'他只说道'什么，我们？做些什么？你说我们兔子？'于是我又打了他一巴掌，然后走开了，别的什么也做不了。不过至少我了解了些情况，如果要是运气好能碰上'他们'中的任何一个，我说不定能打探到更多——或者'他们'听说过什么呢。"

"难道你就一点儿都不……嗯……害怕吗？"鼹鼠问道，当水獭提起原始森林时，昨天的恐惧又爬上他的心头。

“害怕？”水獭大笑起来，露出一口闪亮强壮的牙齿，“他们要是敢动我一根汗毛，我倒是要让他们害怕害怕了。鼹鼠好伙计，来，给我煎几块火腿。我真是饿坏了，有一大堆事情要和河鼠说，我都多久没见他了。”

于是性情温顺的鼹鼠切了几块火腿肉，打发小刺猬帮忙煎火腿，他继续吃他的早饭。而水獭和河鼠把头凑在一块儿，津津有味地谈论着他们河流上的事来，无休无止得像流动不息的河流一样。

水獭刚吃完一盘煎火腿，正要叫小刺猬再去做一些，只见獾打着哈欠揉着眼睛进来了，他平静又简单地和大家打了招呼，和蔼地问候了在场的每一位。“现在吃午饭了吧。”他对水獭说道，“你也别赶路了，留下来一起吃饭。早晨这么冷，你肯定饿了。”

“还用你说！”水獭回答道，和河鼠眨了眨眼睛，“看到这些贪吃的小刺猬填了一肚子的煎火腿，可是把我看得饿坏了。”

小刺猬们早上就喝了点稀粥，刚忙着帮水獭煎火腿，现在又感觉肚子空空的了。他们战战兢兢地抬头看了看獾先生，但又不好意思辩解。

“好了，你们两个孩子，快回家找你们的妈妈去吧。”獾和蔼地说，“我会叫人给你们带路的。我看你们今天肯定饱得都吃不下晚饭了。”

他给他们俩每人 6 便士，轻轻拍了拍脑袋，他们毕恭毕敬地挥了挥帽子离开了。

不一会儿，他们坐下来一起吃午饭。鼹鼠被安排在了獾先生旁边，河鼠和水獭仍闲谈着河流上的事，什么都转移不了他们的注意力。鼹鼠正好借这个机会和獾聊了起来，告诉他这屋子很舒服，就像住在他自己家里一样。“一旦走到地下，”他说道，“你就能准确地知道自己在哪里，安安全全不受外界打扰。你就是自己的主人，不需要听取别人的意见或介意其他人的想法。地面上的事情还是一如既往地发生着，但你可以听之任之，不必去操心。假使相关，你就走上去，会有好多事情等着你呢。”

听到这番话，獾脸上洋溢起开心的笑容：“这正是我想说的。”他回答道，“只有在地下，才能找到安全、平和与宁静的感觉。而且，要是你有大的打算，想要让屋子宽敞一些，只要挖一挖，刨一刨，一下子就有了！如果你感觉屋子太大了点，那堵上一两个洞口就行了！不需要建筑工人，也不需要投资商，没有人会在经过围墙时评头论足，而且最重要的是，不受天气的影响。你看看河鼠就知道了。要是河水泛洪涨了几英尺，他就不得不搬到出租房里去，那里不舒服，位置也不好，而且还贵得要命。蟾蜍也一样，我可不是说蟾蜍庄园不好，就房子来说，那可是这一带最好的了。但是如果发生了火灾，蟾蜍住哪里去？要是屋顶的瓦片被风掀掉了，墙壁下沉或裂开了，又或者窗户被打破了，蟾蜍住哪里去？万一房间漏风了——我最讨厌房间漏风了——蟾蜍住哪里去？不，在地面上散散步打打杂是挺好的，但是最终还是要回到地下来——这里才是我心中的家。”

鼹鼠深表同意，这让獾对他更有好感了。“等吃完饭，”他说，“我带你转转我的陋室。我觉得你肯定会喜欢。你应该对室内装潢懂得不少，你肯定懂。”

吃完午饭，水獭和河鼠坐到壁炉角边，开始了一场关于鳗鱼的激烈争论；而獾点了一盏灯笼，叫上鼹鼠，穿过大厅走进了其中一条主通道里。借着摇曳的亮光，鼹鼠瞥见通道两边都有大大小小的房间，有的小得只能搁下一个橱柜，有的宽敞得像蟾蜍的宴会厅一样。他们穿过一条垂直的狭窄通道，来到了另一条走廊上，那里也是一样的格局。鼹鼠看到这么庞大的屋子和如此错综复杂的分支，惊讶得目瞪口呆，连路都走不稳了。那昏暗的通道是那么长，塞满东西的储物室拱顶砌得结结实实，周围连同那些柱子、拱门和地面都是砖石结构。“獾，你到底，”他看到最后说道，“你怎么有这么多时间和精力来做这些？太惊人了！”

“如果这些都是我做的，”獾简单地说，“那的确很惊人。但事实上，我什么都没做。我只是在需要的时候清理清理通道和房间而已。周围这一带都是。我明白你的困惑，让我来给你解释一下。在很久之前，就在现在这个原始森林的地方，当时它还没像现在这么丛林浓密，说不定连芽都没发呢，这里是一个城市——你知道，一个人类居住的城市。就在这里，在我们现在站着的地方，他们生活、行走、交谈、睡觉、工作。在这里他们圈马喂马，从这里出征或者去做生意。他们是一个顽强的民族，人民富庶宽裕，个个能工巧匠。他们所建之物都坚固无比，因为他们认为他们的城市会永垂不朽。”

“那他们后来怎么了？”鼹鼠问道。

“谁知道呢，”獾说，“人们来了，居住了一段时间，发展繁盛，大兴土木，然后他们又走了。这就是他们的方式。但是我们哪儿都不去。据说，远在那城市出现之前，就有獾在此居住了，现在这里还有獾住着。你应该也看出来了，我们是个持久力很强的种群。我们可能会搬出去一段时间，但会很耐心地等待，然后我们重新回来。向来如此。”

“嗯，那这些人类走了以后呢？”鼹鼠接着问道。

“他们离开那会儿，”獾继续说道，“狂风暴雨灾害肆虐，日复一日年复一年，好像没有止境一样。从某种程度上来说，我们獾可能也帮了一点点忙——不过谁知道呢，所有东西都渐渐往下沉、往下沉、往下沉——所有东西都逐渐侵蚀、毁坏、坍塌，最后夷为平地消失了。接着这里又慢慢往上长、往上长、往上长，种子长成了小树苗，小树苗长成参天大树，荆棘和蕨菜又过来帮忙，爬满了整个地面。草叶腐烂的泥土慢慢堆积又被冲走，冬季的洪水带着泥沙冲入小溪，淤泥堵塞了河道出口，最后沉积下来，变成了丰厚的河床。随着时间的推移，终于这里又能适合我们居住了，于是我们搬了回来。在我们头顶的地面上，发生着同样的事情。动物们来到这儿，一眼便喜欢上了这儿，便占据一隅定居下来，繁衍生息。他们不劳神关心过去——他们太忙，从来不关心。这里地势起伏，到处都是洞穴，这可是个大优势。他们也不关心未来——不担心人们可能会再搬回来住——这是很有可能发生的。原始森林现在人声鼎沸，其中有平常人，好人，坏人，还有不好不坏的——我就不指名道姓了。一个世界里总有形形色色各种各样的人，我想你现在也应该对他们有所了解了。”

“是的，的确如此。”鼹鼠微微地打了个寒战。

“好了，好了，”獾轻轻拍了拍他的肩膀，“这是你第一次碰到他们。他们其实也没那么坏，也都是为了各自的生存罢了。不过明天我会传话出去，你以后不会再有麻烦了。在这儿，我的朋友想去哪儿走就去哪儿走，要是遇到了麻烦，我肯定追究到底！”

他们回到厨房时，看到河鼠正焦躁不安地来回走动。地下闭塞的空气让他心烦气躁，而且他觉得好像没有他的照看，河流会自个儿跑了似的。他已经穿上了外套，把手枪别在腰间，一看到鼹鼠走了进来，就急忙说道："来来来，鼹鼠。趁着天亮，我们必须出发了。我可不想在原始森林里再过一晚。"

"我亲爱的朋友，别担心。"水獭说道，"我和你一起走。我闭着眼睛都知道每条路怎么走。要是要教训谁，放心交给我就是了。"

"河鼠兄弟，你真的不必这么焦虑。"獾平静地补充道，"我这里的通道可比你想象得要长得多，从好几个方向都能通到原始森林边上，不过我倒不希望所有人都知道这些。要走的时候，你们可以走其中一条捷径。现在你就放下心，再坐一会儿吧。"

尽管如此，河鼠还是要急着出发去照看他的河流，于是獾又拿起他的灯笼，带着他们走进一条潮湿闭塞的通道。蜿蜒的通道里坑坑洼洼，有些地方有拱顶，有些地方直接由坚硬的岩石削刻出来。他们一路七弯八拐，大概走了有几英里的路，最后从布满杂乱纠结的植物的通道洞口中，他们隐隐约约看到了光亮。獾匆匆和他们道了别，迅速地把他们推出洞口，接着用蔓草、木柴和枯树叶把洞口伪装了起来，然后转身回去了。

他们仨发现自己正站在原始森林的最边缘，身后的岩石、荆棘和树根胡乱地堆积纠缠在一起。在他们前面，一片宽阔宁静的田野被白雪覆盖，一排排黑色的树篱将其整齐地围了起来。再往前眺望，能看到河流波光粼粼的熟悉身段，冬日里红色的太阳低低地挂在地平线上。熟门熟路的水獭领着路，带他们往远处的石阶走去，身后留下了一连串蜜蜂似的小脚印。站在石阶上向后望去，他们看到整座浓密的原始森林冷酷又气势汹汹地伫立在雪白的大地上，让人不寒而栗。他们不约而同地转身朝家的方向快速走去，想着家里的炉火和熟悉的一切，想着窗外雀跃的声音，想着他们熟悉信赖的河流，无论心情如何，都不会让他们感到害怕。

鼹鼠急匆匆地赶着路，心心念念地盼望快点回家，回到自己所熟悉和热爱的一切中去。他清楚地认识到自己离不开的是耕地、树篱、犁沟、去过无数次的草地、在夜色中徜徉的小巷和耕种栽植过的花园。可能对于其他人来说，严峻的挑战、倔强的持久力或者与大自然的激烈对抗是他们追求的一切；但对他而言，明智地守着自己这块乐土才是最重要的，那儿的独特冒险和奇遇够让他快乐地探索上一辈子。

第五章　温馨的家

在一个拥挤的羊圈里，羊群闹哄哄地簇拥在围栏边上，探出细小的鼻孔，跺着纤细的前蹄。他们扬着头，冰冷的空气中升腾起一片薄薄的水汽。而此时，两个动物正兴致盎然地疾步从边上走过，互相聊着天打着趣儿。他们和水獭出去郊游了一天，在辽阔的高地上打猎探索，那儿有几处涓涓流淌的水源，已经潺潺地流动起来汇入他们的河流里去了。现在他们正往家里赶着。短暂的冬日已一天天地远去，不过想要暖和起来还得等上一段时间。他们刚随意地穿过一片耕地，听到羊群声，便循声而来。在羊圈这边他们找到了一条踩踏出来的小道，这让他们的步履轻快了许多，与此同时，动物的直觉准确无误地告诉他们："是的，没错，这条就是回家的路！"

"看样子我们好像正往一个村庄走着。"鼹鼠慢下脚步来，有些拿不准地说道。因为那小道越走越宽，从一条羊肠小道变成了一条宽宽的小路，走着走着他们被带到了一条铺着碎石的大路上了。动物们对村庄没什么好感，他们经常使用的大道，不管是通往教堂也好，邮局也好，还是酒吧，都有自己的路线，不和村庄里的混用。

“噢，不要担心！”河鼠说道，“每年这个时候，男人、女人、小孩子、小猫啊小狗啊之类的都安安稳稳地围炉而坐。我们偷偷溜过去肯定没问题，不会发生什么不愉快的事情。要是你想看看他们都在干什么，我们可以从窗户外边瞧上一瞧。”

时值12月中旬，他们迈着轻巧的步伐踩在薄薄的雪地上，走进了村庄。夜幕已经降临，包围了整个村子。除了街道两旁昏黄的橘红色火光或灯光从小屋的窗扉中照射出来之外，其他都是黑漆漆的一片，什么也看不到。大多数低矮的格子窗都没有挂窗帘，隔着玻璃向里面望去，就好像在剧场看话剧一般，屋里的动物一起围坐在桌边，有的专心致志地做着手工活，有的做着手势笑谈着，不过演技再好的演员也演不出他们每个人身上那从容优雅的气质——这种自然的气质源于对观察者的注视浑然不知。就这样，这两个远离家园的观众从一个剧院转移到另一个剧院，充满渴望的眼神停留在一个个温馨暖人的场景：一个猫咪被主人轻抚拍打着，一个睡眼蒙眬的小孩被抱起来放到床上去安睡，一个疲倦的男人伸手拿烟管在将要熄灭的木柴一端敲了敲。

但偏偏是一扇拉上了窗帘的小窗户最让他们为之心动，那四面墙壁和小小的窗帘将那令人紧张的偌大世界关在窗外，抛到了脑后。紧靠着白色的窗帘，挂着一只鸟笼，映在窗帘上的轮廓清晰可见，笼中的金属丝、栖木和其他配件也看得一清二楚，甚至看得到昨天放在上面的那块已经有点化了的方糖。鸟儿站在中间的栖木上，脑袋埋在羽毛中，看上去近在咫尺，触手可及。他的羽毛蓬松鼓起，上面纤细的毛尖儿像是铅笔画一样清晰得勾勒在明亮的幕布上。正当他们入神地瞧着他时，这个睡得迷迷糊糊的小家伙儿似乎被他们的眼神吵醒了，抖了抖羽毛，抬起脑袋。他们见他张开细小的嘴慵懒地打了一个哈欠，扭头四下里瞅了瞅，接着又把头埋了起来，竖起的羽毛渐渐收拢，又一动不动的了。这时，一阵凛冽的寒风灌进他们的后颈，冰冷的雪花扎在脸上寒得刺骨，他们这才如梦初醒，感觉脚趾已经冻僵，双腿也累得发软，而他们离家还有一段长长的路要走。

出了村庄，道路两边的小屋一下都不见了。黑夜中，他们又可以闻到田野那熟悉的味道了。他们打起精神，开始了最后一段回家的路，他们知道过不了多久就能结束这段旅程了——只要听到门闩的咔嗒声，看到炉火瞬间被点燃，见到熟悉的一切映入眼帘，仿佛在问候从远方归来的旅人一样的时候——那就是到家了。他们俩稳步地沿着道路走着，谁都没有说话，脑袋里想着各自的事情。鼹鼠一心惦记着晚餐，因为在这完全陌生又黑得伸手不见五指的地方，他只有顺从地跟着河鼠，全仰仗着他带路。稍稍走在前面的河鼠习惯性地耸着肩，专心致志地盯着前方那条笔直的灰蒙蒙的道路。所以当可怜的鼹鼠像受到了电击一样，突然感受到那个召唤时，他根本没有注意。

动物与其周围环境之间的交流是异常细微敏锐的，像我们这些人类早已丧失了诸如此类敏感的生理感知，连确切形容这些交流的术语都没有。比如，我们单用“嗅”一个字笼统地概括了鼻子的功能，但对于动物来说，不管白天还是黑夜，他们的鼻子都能感受到微妙的悸动，或是警告，或是激励，抑或是抵触。正是其中一种悸动在黑暗中抓住了鼹鼠的鼻子，让他激动得不能自已，不过一时间他想不起来这究竟是什么。于是他一动不动地站在原地，用鼻子嗅嗅这里，蹭蹭那里，试图捕捉刚刚那如一缕游丝、一股微弱的电流般让他感动不已的感觉。

一瞬间他又找到了，记忆像开了闸的洪水一样倾泻而出。

家！那充满爱抚的呼唤，那从空气中送过来的温柔的触摸，那些看不见的小手正把他往一个方向拖！哎呀，他应该是离老家不远了。自从找到河流之后，他连匆匆告别都没有，再也没回去找过老家！而现在，它正派遣它的侦察兵和信使想要捕获他，把他带回去。在那个阳光明媚的早晨，他离家出走后，完全沉浸在快乐、新鲜、充满惊喜又扣人心弦的新生活中，对于这个老家，他几乎连想都没想起过。现在，回忆如潮水般涌来，在暗夜中他似乎能看得清清楚楚！老家的确有些破旧、狭小，装修得也不好，但无论如何，这是他自己的家，是他为自己而建的，是每天下班后最想回去的地方。而且，他的老家显然也很乐意与他为伴，思念着他，想要他回来，所以散发出气息来，通过他的鼻子，忧伤又略有责备地向他诉说，但是，既没有刻薄的话语，也没有大发雷霆，只是悲伤地提醒他，它就在那儿，在那儿等着他回来。

这呼唤是如此清晰，这召唤是如此直白，他必须立刻服从，马上回家去。“河鼠兄弟！”他高兴又激动地叫道，“等一下！快回来！快到我这儿来！”

“噢，快走吧，鼹鼠，快点！”河鼠轻快地回答道，头也不回地继续赶着路。

“河鼠兄弟，快停下，求你了！”可怜的鼹鼠痛苦地恳求道，“你不明白！这是我的家，我的老家！我刚碰巧闻到了，就在这儿附近，特别近。我必须过去，我必须，必须这样做！噢，回来啊，河鼠兄弟！求你了，求你了，快回来！”

那时，河鼠已经走得很远了，远得都听不清楚鼹鼠在叫什么，也听不到苦苦恳求声中那凄厉的声调。他一门心思想着要变天了，因为他也嗅到了什么——像是要下雪了。

“鼹鼠，我们真的不能停下！”他回头喊道，“不管你找到了什么，我们明天再过来瞧。现在我可不敢停下——天色这么晚了，又要下雪的样子，而且我也不确定这条路对不对！你的鼻子好使，赶快过来，好伙计！”还没等鼹鼠回答，河鼠又向前赶起路来。

可怜的鼹鼠孤零零地站在路当中，难过得心都要碎了，他知道，眼泪在他内心深处不断地酝酿酝酿，即刻就要涌上来，酣畅淋漓地爆发出来了。但是即使是在这样一个纠结的时刻，他对他朋友的衷心依旧没有动摇，他做梦都未想过要抛弃河鼠。而同时，老家轻声细语的恳求在他耳边萦绕，像咒语一样召唤着他，迫切地命令着他。他不敢在这个设有魔法的地方再逗留下去，于是一狠心，挣断了心弦，低下头顺从地往河鼠的方向赶去，而那隐约细微的气息仍执着地追随着他刻意回避的鼻子，责备他的喜新厌旧。

鼹鼠紧赶慢赶终于追上了河鼠，毫不知情的河鼠兴致勃勃地聊起他们到家后要做些什么，在客厅里点上炉火会是多么愉悦，晚餐要吃得如何丰盛，却没注意到他的同伴对他滔滔不绝的话语一声不吭，一脸苦恼的样子。他们走了相当长一段路，最后看到一片树丛边上有几个树桩，河鼠这才停下来和蔼地说：“鼹鼠老弟，你看起来累坏了，话也不说，腿像灌了铅似的。我们在这里坐一会儿休息一下吧。这会儿雪还不会下，我们也走了一大半路了。”

鼹鼠伤心地一屁股坐在树桩上，竭力想要控制住情绪，但是之前压抑了这么久的眼泪还是憋不住。那哽咽的情绪一点点地从心底爬到喉咙，越积越多，越积越厚，终于，鼹鼠实在忍不住，无助地放声大哭起来。那一刻，他知道这一切都结束了，那东西恐怕是再也找不回来了。

河鼠被鼹鼠这伤心的爆发吓了一跳，连大气都不敢喘。过了一会儿，他才同情地轻声说道：“怎么了，老伙计？到底是什么事情呀？告诉我，让我替你想想办法。”

可怜的鼹鼠抽泣得胸膛起起伏伏，刚要说话就被一个哽咽呛住了：“我知道它是个……简陋昏暗的小地方，”过了好一会儿，他才缓过一点来，长吐了一口气，断断续续地说道，“不像你住的屋子……这么温馨……也比不上蟾蜍漂亮的豪宅……或者獾的大房子……可是这是我自己的小屋……我很喜欢那里……结果我离开了那儿，把它都忘了……然后我突然闻到了它……在路上的时候，我叫你你都不听，河鼠……所有回忆都涌上我心头……我想要我的家……噢，天哪！噢，天哪……但是你不肯回来，河鼠兄弟……我一路上都闻得到它，但是我不得不离开……我觉得我的心都要碎了……我们本来可以过去看一眼的，河鼠兄弟……就一眼……离得特别近……但是你不肯回来，河鼠兄弟，你不肯回来！噢，我的天，噢，我的天！”

说到这些，鼹鼠又想起之前那伤心的一幕，抽泣得更厉害，连话都说不出来了。

河鼠站在他面前两眼直瞪瞪的，什么也没说，只是轻轻地拍着鼹鼠的肩膀。过了一会儿，他沮丧地喃喃道：“我现在明白了！我真是个猪呀！我，就是个猪！就是个猪，就是个笨猪！”

他等着鼹鼠的抽泣声逐渐平缓下来，哭声越来越小，越来越均匀，最后等到他只是吸吸鼻涕，偶尔抽泣一两下时，才站起来，若无其事地说道：“好啦，老兄，我们现在最好立刻上路了！”说完便起身朝他们辛苦跋涉而来的路上往回走去。

“你这是（额呵）要去（额呵）哪儿啊，河鼠兄弟？”满脸是泪的鼹鼠惊愕地抬起头大叫道。

“老伙计，我们去找你的家呀。”河鼠开心地回答道，“你快点跟上来，因为这可得花点时间，而且可得用你的鼻子使劲找找。”

“噢，回来吧，河鼠兄弟，回来吧！”鼹鼠叫道，然后起身追上了他，“别去了！太晚了，天这么黑，那地方还老远呢，而且要下雪了！而且……而且我不是有意让你知道我是那么想它……只是太突然了，我一下子没收住！想想河堤，想想你的晚餐！”

“别管河堤和晚餐了！”河鼠诚恳地说道，“我告诉你，就算一晚上不睡，我也要找到这个地方。所以打起精神来，老兄。来，挽着我的胳膊，我们很快就会到那里啦。”

鼹鼠仍抽着鼻子，恳求着河鼠别走回头路，可还是被他那固执的朋友硬拽了过去。一路上河鼠说说笑笑，讲着奇闻逸事，好让鼹鼠开心一点，让疲惫的跋涉显得没那么遥远。当河鼠觉得他们应该到了之前鼹鼠被“捕获”的地方时，他说道：“好了，现在别出声，做正经事！用你的鼻子嗅嗅，专心一点。”

他们安静地挪动了一小段路，突然，挽着鼹鼠的河鼠感到他整个人都微微地像触电一样颤抖了一下。他立刻抽出胳膊，往后退了一步，全神贯注地在一旁等着。

那气息过来了！

鼹鼠纹丝不动地站在那儿，挺起微微颤动的鼻子，嗅了嗅空气。

随后快速向前跑了几步……觉得不对……又嗅了嗅……又

往回退了两步，接着慢慢稳步地向前走，胸有成竹地继续找着。

河鼠很是兴奋，紧紧跟着鼹鼠，看他像梦游一样，跨过干涸的沟渠，爬过树篱，鼻子贴着地面嗅着嗅着又穿过一片旷野。那寸草不生的旷野在暗淡的星光下，显得辽阔而荒凉。

突然毫无征兆地，鼹鼠钻进了地里。好在河鼠密切关注着，凭借他毫无差池的嗅觉，也立即跟着他钻了进去。

通道里闭塞又不通风，散发着一股浓重的泥土味，河鼠觉得似乎过了很久，才爬到通道尽头。他直起身来，伸了伸腿脚，抖了抖身上的泥土。鼹鼠擦亮一根火柴，河鼠借着亮光，发现他们正站在一个宽敞的地方，打扫得很干净，脚底下铺着细沙，正对着他们的就是鼹鼠家小小的前门了，上面用哥特字体写着“鼹鼠斗室”，下面挂着一个门铃拉绳。

鼹鼠从墙壁的铁钉上取下一盏灯笼，将其点亮。河鼠看了看自己周围，这是一个像前院一样的地方。门的一边放着一把园椅，另一边放着一个用来平整地面的滚筒。因为鼹鼠在家的时候，特别爱整洁，其他动物从前院小跑过后把泥土踢得高高低低，像小土包一样，他可看不下去。墙上挂着几个盛有蕨草的铁丝篮，篮子之前的支架上放着石膏像——有加里波第[1]、小塞缪尔、维多利亚女王和其他几位当代意大利的英雄。在前院的一侧，有一条玩撞柱游戏的小巷，里面贴墙摆着几条长板凳和一张小木桌子，桌上一个个环形的印记应该是啤酒杯留下的。院子中间是一个小小的圆形池塘，里面养了些金鱼，池边上镶

1　加里波第：朱塞佩·加里波第（1807年7月4日—1882年6月2日）是意大利著名爱国志士及军人。他献身于意大利统一运动，亲自领导了许多军事战役，是意大利“建国三杰”之一。

着一圈海扇贝壳；中央立着一个漂亮的柱子，也镶满了海扇贝壳；最上方顶着一个银色的大玻璃球，上面奇形怪状地反射着周围的一切，有种意想不到的效果。

看到如此亲切的这一切，鼹鼠一下子容光焕发。他赶紧带着河鼠走进门，在门廊里点上灯，环顾家中。他看到所有东西上都盖上了厚厚的灰尘，一副了无生气荒废已久的样子，看到这狭小的空间，这破旧寒酸的陈设，不禁浑身瘫软，一屁股坐进一把椅子里，将脸埋进手心里。“噢，河鼠兄弟！”他沮丧地叫道，“我这是干吗呀？我为什么要在这么个晚上把你带到这个又破又冷的小地方来？你这时候本来可以回到河堤，在火炉前烤着脚趾头，身边都是你那些美好的东西！”

河鼠完全没有理会他悲伤的自责，而是跑上跑下地打开门，检查每间屋子和每个橱柜，点上台灯和蜡烛，照亮屋子的角角落落。“这小屋真是棒极了！”他兴高采烈地叫道，“如此紧凑！规划得真合理！麻雀虽小五脏俱全啊！我们晚上会过得很开心的。我们现在最需要的是生个火，我来搞定——我总能知道去哪里找我想要的东西。所以这里就是客厅喽？非常好！这些翻到墙上的床铺是你自己设计的吗？好棒啊！好了，我去取点柴火和煤炭，鼹鼠，你去拿个掸子来——在厨房桌子里的抽屉里有——试着把所有东西都掸一掸打扫一下。老兄，快动起来！”

被他那兴致勃勃的伙伴一激励，鼹鼠也起身忙活起来，卖力地掸起尘擦起东西来。而河鼠抱着满满一怀的燃料来来回回走了几趟，不一会儿炉火熊熊地燃了起来，欢腾的火焰直冲上烟囱。他挥着手让鼹鼠过来暖和暖和身子，但鼹鼠一下又郁闷起来，失望地倒在沙发上，把脸埋在掸子里。“河鼠，”他哀叹道，“你晚饭怎么办？看你又冷又饿又累，可我这儿什么都没有——什么都没有——连面包屑都没有！”

“你怎么这么容易就放弃了呢？”河鼠责备道，“哎呀，刚才我还清楚地看到厨房碗橱里放着一个沙丁鱼罐头开罐器呢。谁不知道这意味着附近肯定有沙丁鱼罐头啊。快起来，振作一点儿，和我一起找找去。”

于是他们找遍了每个橱柜，翻遍了每个抽屉，结果收获还真不少，当然也说不上很多。他们找到了一罐沙丁鱼罐头，一盒几乎没怎么吃的高级硬饼干，还有一根包在锡纸里的德国香肠。

“看，这不是顿大餐嘛！”河鼠边摆桌子边说道，“我想有些动物巴不得今天晚上能和我们共进这顿晚餐呢！”

“没有面包！”鼹鼠忧伤地叹息道，“没有黄油，没有……”

“没有肥鹅肝酱饼，没有香槟！”河鼠咧嘴笑道，“这倒提醒我了，通道尽头那扇小门后面藏着什么呢？当然是你的酒窖了！这屋子里最好的东西就藏在那扇门后头了！你稍等片刻。”

说完他朝酒窖走去，不一会儿就出来了，身上沾了点灰尘，两只爪子各抓着一瓶啤酒，两个胳膊下面也各夹了一瓶。“鼹鼠，你藏的酒可不少呢。”他说道，“你别不承认了，这是我待过的最棒的小地方了。好了，你是从哪里弄来的这些海报？把这儿布置得特别有家的味道。鼹鼠，怪不得你这么喜欢这里。来说说，你是怎么把这些都打理起来的。”

于是，当河鼠忙着取出盘子和刀叉，把芥末酱搅拌在蛋杯里的时候，鼹鼠由于刚刚时好时坏的情绪，气还有点喘，慢慢地讲述起他的故事来。一开始他多少还有些羞涩，但是话匣子一打开，他便来了劲。他谈起一开始这是怎么设计的，那是怎么想出来的，这个是从一个阿姨那儿意外收获的，那个是他惊喜发现买来的便宜货，这另外一个是他辛苦攒钱买来的，对他来说可是不可或缺的。说着说着，他的情绪高涨起来，非得过去亲手抚摸每一件东西不可。他提着灯笼，向他的客人展示他们各自的独到之处，详细地述说着每一件物品的来龙去脉，完全忘记他们俩此刻最需要的是享用晚餐。河鼠已经饿得前胸贴后背了，但是他仍竭力掩饰着，一本正经地对鼹鼠的话点着头，皱着眉头端详着鼹鼠指出来的每个细节，能插上嘴的时候还不忘时不时地说上几句“很棒”“真了不起啊”。

最后，河鼠终于成功地把鼹鼠哄到了餐桌旁，正用开罐器开沙丁鱼罐头时，门外前院里传来了一阵声响——像是很多小脚走在石子路的踢踏声和含含糊糊的低语声。他们断断续续地听到——“好了，都排成一排……汤米，把灯笼举高一点点……先清清你们的嗓子……我说完一二三之后就不许咳嗽了……小比尔去哪儿了……来，快点过来，我们都等着呢……”

“怎么了？”河鼠停下手中的活问道。

“肯定是田鼠们，错不了。”鼹鼠回答道，语气里颇有些自豪的味道，“他们每年这时候都会巡回演唱圣诞颂歌，这社团在这一片名气可不小。而且，他们从来不会漏掉我这里——鼹鼠斗室总是他们造访的最后一户。以前只要家里有，我都招待他们喝点热饮，宽裕的时候还会留他们吃晚餐。听他们唱歌就像回到了旧时光里一样。”

“我们出去看看！”河鼠叫着跳了起来，朝门口跑去。

他们一拉开门，展现在眼前的是一幕美丽的节日景象。前院里一盏角灯发出朦胧的光亮，十来个小田鼠围成半圈，脖子上围着红色的精纺羊毛围巾，前爪深深地藏在口袋里，脚上跳着吉格舞想让身子暖和一些。那明亮得像珠子一样的眼睛羞涩地你看看我我看看你，吃吃窃笑着，时不时吸吸鼻子，用袖子口擦着鼻涕。河鼠门一开，只见其中一个提着灯笼的年长田鼠正说道："注意，一二三！"接着他们纤细的小嗓就唱了开来，悠扬的歌声在空中飘荡。他们所唱的这首古老的圣诞颂歌是他们的先父们在霜冻时节休耕的田间，或是大雪纷飞时节的壁炉边上所创作而成的。这些颂歌代代相传，在圣诞节时，他们会在泥泞的街道上对着灯火明亮的窗户深情演唱。

圣诞颂歌

乡亲们，在这冰天雪地的时节，
请敞开你们的大门。
虽然风在刮，雪在飘，
但请让我们进屋围着火炉暖一暖，
明早醒来，你们会喜乐洋洋！

我们驻足在这天寒地冻的雨雪中，
搓着双手蹬着双脚，
远道而来只为将问候送到，
你们坐在火炉边，我们站在街道上，
祝你明天一早喜乐洋洋！

当黑夜走过一半时，

突然出现一颗明星为我们指路。
幸运和祝福如雨点一般落下，
保佑着明日以及明日的明日，
天天一大早都喜乐洋洋！

约瑟夫君在雪夜中艰难跋涉，
望见低垂在马厩上的明星。
玛丽无须再向前赶路——
有草棚为顶，干草为褥！
第二天一大早，她将开心万分！

然后他们听天使说道：
“是谁第一个喊出了圣诞？
正是栖息在马厩里的动物们，
上帝降临时是他们喊出了圣诞！
明天一大早他们将喜乐万分！”

歌声停止了，歌手们羞涩地微笑着，斜着眼睛和身边的同伴互换着眼神，谁都没说一句话，但就在这时，从他们头顶很远的地方，沿着他们刚走过的地道，隐约传来一阵悦耳动听的钟声，那嗡嗡作响的声音欢乐又嘹亮。

“孩子们，唱得真不错！”河鼠由衷赞叹道，“大家都快进来吧，到火炉边暖暖身子，喝点热茶！”

“是的，快进来，田鼠们。”鼹鼠热情地招呼道，“就像回到了以前的日子！麻烦你带上门。把这高背长靠椅放到炉火边上来。好了，你们稍等一会儿，我们……噢，河鼠兄弟！”

他绝望地叫起来，扑通一下坐到椅子上，眼泪就要决堤而出了，“我们这是在干什么呀？我们拿什么招待他们呀！”

“你就交给我吧。”河鼠一副主人派头地说道，“嘿，拿着灯笼的这位！你过来一下。我有话和你说。你知道现在这时候还有什么商店营业吗？”

“哎呀，先生，当然了。”田鼠恭敬地回答道，“每年的这个时候，我们的商店都是全天营业的。”

“那就好办了！”河鼠说道，“你这就带上灯笼即刻出发，帮我买……”

接着，河鼠压低声音和田鼠说了起来，鼹鼠只能听到一些只言片语，比如“记住，一定要新鲜的！不，那个一磅就够了……你得买巴金斯[1]的，其他牌子我都不要……不，要最好的……你要是那里买不到，试试其他地方……是的，当然，要手工做的，不要罐装……那好吧，尽力去办吧！”随后，鼹鼠听到硬币从一只爪子传到另一只爪子的叮当声，接着他看到田鼠拎着一个硕大的篮子，提着灯笼，匆忙地出发了。

其他的田鼠排成一排，坐在高背长靠椅上，晃荡着他们的双脚，享受着温暖的炉火，烘得冻疮都痒飕飕的。鼹鼠本想和他们随意地聊聊天，但是却打不开话题，于是他一股脑地讲起了家族史，让他们每个人举出自己数也数不清的兄弟们的名字。那些兄弟们因为年龄不够，今年还不能加入演唱颂歌的队列，不过他们期待不久之后便能得到父母的准许。

而这时候，河鼠仔细看了看啤酒瓶上的标签。“这是老波顿酒。”他赞许道，“鼹鼠你真明智！这是好东西！那我们就

---

1 一种英国当时的食物品牌。

能热点酒喝了！田鼠，快把东西准备好，我来开瓶塞。”

酒很快就准备好了，他们把温酒的锡质罐子推到炉火中央。不一会儿，每个田鼠都抿起了热酒，尽管喝得很小口，但还是一个劲儿地咳嗽，呛得都挤出了眼泪（一点点热酒也是酒劲十足的），他们揉着眼睛，大笑着开心极了，完全忘记了之前自己冻僵的样子。

“他们也演话剧。”鼹鼠向河鼠介绍说，“都是他们自编自演，可棒了呢！去年他们就演了极好的一场剧，讲的是一只田鼠在海上被巴巴里海盗抓住后沦为苦力，被迫在大帆船上划桨。最后当他成功出逃回到家时，他的心上人却已经去了修道院。嘿，你！我记得你演过这个话剧。快起来为我们朗诵一段吧。”

那只被点到名的田鼠站起身来，害羞地吃吃直笑，眼睛滴溜溜地向四周打量，却紧闭着嘴巴什么都说不出来。他的同伴为他鼓劲儿，鼹鼠也连哄带骗地鼓励他，河鼠甚至都走过去抓着他肩膀使劲儿摇个不停。但是，他怯场得很，什么都说不出来。那场景活像一群船工按照英国皇家溺水者营救协会的规定，抢救着一名溺水者一样。就在那时，门闩咔嗒一声响，门开了，那只提着灯笼去买东西的田鼠拎着一大篮食物，踉踉跄跄地走了进来。

当满满一篮子食物倒到桌子上时，谁也不提表演的事情了。在河鼠的指挥下，所有动物都开始去做些什么或去拿些什么。几分钟时间，晚餐就准备好了。鼹鼠坐在餐桌一头，做梦似的看到刚刚还空荡荡的桌子此时摆满了可口的菜肴，看到他的小伙伴们迫不及待地狼吞虎咽着，满脸荡漾着幸福得发光的笑容时，他也想起自己已经饿得不行了，于是痛痛快快地放开肚子吃了起来，这美食像是变戏法一样变出来的。他心想，虽然过程有点曲折，但这次回家还是很圆满的。他们边吃饭，边聊着过去的时光，田鼠们和他讲了当地最新的小道传闻，也尽其所能回答了鼹鼠脑子里蹦出来的上百个问题。而河鼠几乎没出声，只是悉心照料着每个客人，确保他们都吃得尽兴，这样鼹鼠就没什么需要担心或烦恼的了。

最后，田鼠们吵吵嚷嚷地要告辞了，他们非常感激主人的殷勤招待，叽叽哇哇地说着各种各样祝福的话，外衣口袋里揣满了带给家里兄弟姐妹的食物。当鼹鼠和河鼠把最后一位客人送出门，听着灯笼“咳噌咳噌”的声音渐行渐远直到最后不见了时，他们回屋把火拨得旺了一些，拉近椅子，倒了最后一杯热酒，聊了聊这漫长的一天里所发生的事情。最后，河鼠打了一个大大的哈欠，说道：“鼹鼠老弟，我要去睡觉了。我现在已经无法用一个困字来形容了。那边是你的床铺吧？好，那我就睡这里了。这真是个极好的小屋子！所有东西都那么方便！”

他爬上床铺，一骨碌滚进去，用毛毯把自己整个儿裹了起来，一沾枕头便沉沉地睡了过去，就好像稻草被卷进了收割机里一样。

疲惫的鼹鼠也迫不及待地跳上床，一会儿便开心又满足地倒在了枕头上。但当他闭上眼睛之前，他又四下看了看他的老房子。在炉火的映衬下，整个房间显得柔和而又亲切，所有这些熟悉而又友好的东西早已不知不觉变成了他的一部分，现在正微笑地迎接着他，毫无半句怨言。这时，他才明白机智的河鼠不动声色地灌输给他的生活理念。他很清楚地看到家里的这一切多么平凡，多么简单，甚至有些狭小；但与此同时，他也相当清楚这一切对他来说意味着什么，拥有这样一个避风港是多么重要。他一点儿也不想放弃新的生活和外面广袤的世界，一点儿也不想离开明媚的阳光和自由的空气，爬回家待在这里。外面的世界对他的诱惑太大了，即使身处地下，他还是能感受到它召唤的力量，他知道他必须回到那个更大的舞台上去。但是，想到他总有这么一个家，完完全全只属于他，家里所有的一切随时随地都欢迎他回去，他就觉得自己是天底下最幸福的鼹鼠了。

第六章　蟾蜍先生

这是初夏的一个明媚的早晨。河流刚刚回到它以往的水位，开始潺潺地流动起来。灼热的太阳让土壤中所有绿油油的草丛和芽尖都郁郁葱葱地往上长，就像有绳子拉着他们一样。鼹鼠和河鼠天蒙蒙亮就起床了，忙活着船上的事，为即将到来的划船季节做着准备。他们给小船涂漆上色，修理船桨，缝补坐垫，找回船上丢了的钩子，等等。忙完这些，他们便坐在小客厅里，边吃早饭边热烈地讨论着他们这一天的计划。这时，突然传来一阵重重的敲门声。

“真烦！”河鼠满嘴都是鸡蛋地说道，“鼹鼠好伙计，反正你吃完了，去看看是谁敲门。”

鼹鼠于是走过去应门，河鼠听到他惊喜地叫了一声。接着客厅的门被一把推开，鼹鼠郑重其事地宣布道：“獾先生来了！”

獾能主动造访他们，或者说主动登门造访任何人，都是件非同一般的事情。一般来说，如果你急着找他，要么在清晨或傍晚趁他沿着树篱悄悄行走的时候去逮住他，要么就去他那在原始森林深处的家中找他，这可不是闹着玩儿的。

獾踱着大步走进房间，表情严肃地看着那两个动物。河鼠惊讶得目瞪口呆，把蛋勺都掉在了桌布上。

“是时候了！”最后獾庄重地说道。

“什么时候？”河鼠不安地问道，瞥了瞥壁炉上的时钟。

“你应该问是谁的时候。”獾回答道，“哎呀，是蟾蜍的时候！是蟾蜍之时！我说过冬天一过，我就要管管他。今天我就要好好管管他了！”

“当然了，是蟾蜍之时！”鼹鼠开心地叫道，“万岁！我记起来了！我们要教他变成理智的蟾蜍！”

“昨晚我得到可靠消息，”獾坐到一把扶手椅上，继续说道，“说今天早上又有一辆超大马力的新车会送到蟾蜍庄园，蟾蜍要不签约，要不退回。现在这时候，他说不定正穿着那些他心爱的但无一例外都丑到家的衣服呢。蟾蜍本来还挺（相对而言）相貌堂堂的，穿上那些衣服后，任何正派的动物见到他都会被吓坏的。趁还来得及，我们得过去做点什么。你们俩立刻陪我去一趟蟾蜍庄园，一起去拯救蟾蜍。”

“说得对！”河鼠站起来叫道，“我们要去拯救那个可怜的动物！我们要感化他！让他洗心革面！”

于是在獾的带领下，他们开始了善行之旅。当动物们结伴而行时，得体的走法是排成一列纵队，规整有序地向前走，而不是在路上七扭八歪地乱走，否则，一旦遇到突如其来的状况或危险，他们就无法互相援助了。

当他们走到蟾蜍庄园的车道上时，正如獾所料，一辆簇新发光的大汽车停在屋前，车身漆成了亮红色（这是蟾蜍最喜欢的颜色）。他们刚走到门口，门正好被推开了，蟾蜍先生头带护目镜和帽子，脚蹬一双紧腿高筒靴，身上罩着一件超大的外套，大摇大摆地走下台阶，一边还往手上戴着防护手套。

“嗨！快来，伙计们！”他一见他们就兴高采烈地叫道，“你们来得正巧，刚好和我一起去兜兜风……去兜兜……嗯……兜风……”

但当他注意到他的朋友们一个个板着脸，沉默不语的样子，他热情的语调低了下来，最后连邀请的话都没说完。

獾踱步走上台阶，“带他进来。”他严肃地对伙伴们说道。蟾蜍挣扎着抵抗着，但还是被硬推进了门。獾转向送新车的司机。

“恐怕今天没你什么事儿了。蟾蜍先生改主意了。他不需要这辆车了。请你理解，这是最后的决定，你不需要再等在这儿了。”说完，他跟着他们进屋关上了门。

“好了！”当他们四个站在屋里时，獾说道，“首先，把这些奇奇怪怪的东西都给我脱下来！”

“我不！”蟾蜍情绪激动地回答道，“你们这专制蛮横的暴行是什么意思？我要求你们立即回答。”

“那你们俩，帮他把衣服脱下来。”獾简短地命令道。

蟾蜍又踢又踹，嘴里还骂骂咧咧的，他们不得不把他按倒在地上，河鼠坐在蟾蜍身上，鼹鼠把他的机车衣服一点点扒下来，然后他们把他拎起来站直。顿时，蟾蜍的狂暴劲儿似乎和他整副装备一起消失得没了踪影。现在他就只是蟾蜍，而不是那个马路恐怖分子。他讪讪地笑着，求饶似的看看这个看看那个，似乎明白这一切是为了什么。

“蟾蜍，你知道这是迟早的事。”獾严厉地解释道。

“你对我们所有的警告都置之不理，肆意挥霍你父亲留给你的财产，你疯狂超速驾驶、撞车，和警察起冲突，败坏了我们这一片动物的名声。独立自主是没错，但我们绝不会眼睁睁地看着自己的朋友自甘堕落到无药可救的地步，你已经差不多快到那儿了。在许多方面你还是个很不错的家伙，我也不想对你太严厉，我会再帮你一把，把你拉回到正道上来。跟我来吸烟室，我给你好好讲一讲。之后再看看你有没有改过自新。”

他用力地抓住蟾蜍的胳膊，领着他进了吸烟室，然后关上了门。

“那没用！”河鼠不屑地说道，“和蟾蜍用说的没法儿治他的。他什么都会答应。”

河鼠和鼹鼠舒舒服服地坐在扶手椅上，耐心地等待着。门紧闭着，他们只能听到獾低沉的说话声，语调时高时低，但一直没断过。不一会儿，他们注意到冗长的说教声不时地被一声声拖长了的抽泣声打断，显然这发自蟾蜍内心。他内心柔软、感情细腻，无论是什么观点，他都很容易——暂时地——被感化。

大概过了45分钟，门打开了，獾神情严肃地领着垂头丧气、连走路都拖拖沓沓的蟾蜍出来了。蟾蜍的皮肤松垮地耷拉了下来，双脚走路都走不稳，脸颊上布满了泪痕，那都是被獾一番动情的话感动的。

“蟾蜍，坐那儿吧。”獾指了指一把椅子，和蔼地说道，“我的朋友们，”他继续说道，“我要高兴地告诉你们，蟾蜍终于知错了。他真诚地为之前错误的行为表示抱歉，而且他保证以后再也不碰汽车了。他郑重地向我承诺了。”

“真是个好消息。”鼹鼠严肃地说道。

“的确是个好消息。”河鼠迟疑地说道，“要是……要是……”

他边说边紧盯着蟾蜍，不禁觉得蟾蜍那双仍悲伤万分的眼睛好像狡黠地眨了眨。

“现在还需要做一件事。”獾满意地继续道，“蟾蜍，我希望你能郑重地在你朋友面前重复一遍你刚在吸烟室里对我的承诺。首先，你是否对你的行为深表歉意，你是否看到你的行为是多么愚蠢？”

蟾蜍绝望地东张西望，而其他几个动物严肃地等待着他的回答。沉默了很久后，蟾蜍终于说话了。

“没有！”他低声又倔强地说道，“我没有感到抱歉，而且这一点儿都不愚蠢！这是件光荣无比的事情！”

“什么？”獾愤慨地叫道，“你这个出尔反尔的家伙，刚在吸烟室里你不是还说……”

“噢，是啊是啊，在吸烟室里。”蟾蜍很不耐烦地说道，“在那里我什么都会说。亲爱的獾，你的话都很有道理，感人至深又让人信服，把所有观点都说得头头是道——在那里你想我怎么样都行，你知道的。但是刚才我一直在苦苦思考仔细掂量，我发现自己一点儿都不觉得抱歉，也不后悔。所以我要是回答是的话那就是撒谎了，这也不好，是不是？”

“那你不想承诺以后再也不碰汽车了？”獾说道。

“当然不！”蟾蜍斩钉截铁地说道，“恰恰相反，我会虔诚地承诺，每当我看到一辆汽车时，噗噗！我就要把它开走！”

“我就说呢，是不是？”河鼠对鼹鼠说道。

“那好吧，”獾站起身，坚决地说道，“既然劝说这一套对你没用，那我们只能来点狠办法了。其实我之前就已经料到了。蟾蜍，以前你三番五次地邀请我们来你这漂亮的庄园里住，那么现在我们就住下了。在你改邪归正之前，我们是不会走的。你俩把他带上楼去，把他锁进房间里，然后我们来商量商量对策。”

他那两个忠实的朋友架着蟾蜍的胳膊抬着他往楼上走，蟾蜍挣扎着在空中一通乱踢。“这都是为你好啊，蟾蜍兄弟。”河鼠温和地说道，“等你熬过了这——这痛苦的车瘾，我们还能一块儿出去玩，就像以前一样！”

“蟾蜍，我们会替你照顾好一切，等你好起来的。”鼹鼠说，“我们保证不会让你的钱像之前一样被任意挥霍的。”

“再也不会让你和警察起冲突了，蟾蜍。”当他们俩把他提进房间时，河鼠说道。

“而且，再也不会让你进医院，一住就是几个星期，被一群女护士呼来喝去的，蟾蜍。”鼹鼠添了一句，锁上了门。

他们走下楼，听到蟾蜍从钥匙洞里对他们喊着难听的话。接着这三个朋友坐在一起商量该如何应对。

“这可真棘手。”獾叹着气说道，“我从来没见蟾蜍这么顽固。但不管怎样，我们一定要负责到底。我们必须时时刻刻盯着他，轮流过来看管，直到他不再沉溺于此为止。”

于是他们安排了看管时间表，每晚由一个动物轮流在蟾蜍的房间里陪他过夜，白天则是他们三个轮流看管。一开始的几天里，不用说都知道，蟾蜍让这几位细心的看守者无法忍受。当他的病情发作时，他会把房间里的椅子歪歪斜斜地摆成一辆汽车的样子，自己趴在最前边，整个身子向前弓着，两眼死死地盯着前方，嘴里不停地发出骇人粗野的声响，最后玩到兴头上，他会一个跟头翻下来，面朝下趴在一堆倒得七斜八歪的椅子中间，那一刻他看上去满足得不得了。不过，随着日子一天天过去，这恼人的发作越来越少了。他的朋友们竭力转移他的注意力，让他去关注一些新鲜的事物。但是他总提不起兴趣来，越来越没精打采，心情也越发抑郁消沉起来。

在一个晴朗的早晨，轮到值守的河鼠上楼去接獾的班。獾早就待不住了，想去树林边上和土壤洞穴里伸伸胳膊伸伸腿，好好地散个步。“蟾蜍还睡着呢。”獾在门外和河鼠说，“不过他还是不怎么说话，只会说‘噢，让我一个人静一静吧，我什么都不想要，可能过一会儿我就好了，过一阵儿什么事儿都没有了，别瞎操心了’等等之类的话。河鼠你可警觉点儿！蟾蜍要是表现得特别听话乖巧，像个主日学校的优等生一样，那是他最狡猾的时候，心里肯定打着什么鬼算盘呢。我还不了解他？好了，我必须得走了。”

“老兄，你今天怎么样呀？”河鼠回到房间里，走近蟾蜍的床头，开心地问候道。

等了几分钟他才听到一个微弱的声音回答道：“亲爱的河鼠兄弟，真是谢谢你！你真好，还会来问候我！但是你先告诉我你自己怎么样，亲爱的鼹鼠他怎么样？”

“噢，我们都挺好的。”河鼠回答道，没有心眼地继续说道：“鼹鼠和獾出去散步了。他们差不多吃中饭的时候会回来。所以今天早上就你和我两个了。我会尽力让你过得开心的。好啦，快点起床吧，好家伙，这么美好的早晨别躲在被窝里闷闷不乐呀！”

“亲爱的善良的河鼠，”蟾蜍喃喃道，“你可一点儿都不知道我现在的病情啊，我哪里还能“快点起床”啊——这会儿可不比以前了！不过不要管我，我最讨厌麻烦我的朋友们了。我希望我不会麻烦你们太久的。真的，我希望不会太久。”

“嗯，我也希望。”河鼠实诚地说道，“这段时间，我们心里都惦记着你这病，听到你这么说我很高兴。看看窗外这天气，划船季节马上就要开始了！蟾蜍，都怪你！我们可没嫌你烦，但你真的让我们错过了好多东西。”

“恐怕你们就是嫌我烦。”蟾蜍有气无力地回答道，“我能理解，这再自然不过了。你已经厌倦了为我操心。我再也不会要你做任何事情了。我知道我就是个讨厌鬼。”

“你的确是。”河鼠说，“但是我告诉你，只要你恢复理智，就是再麻烦我也不怕。”

“河鼠兄弟，如果真是这样，”蟾蜍喃喃地说道，声音从来没有像现在这么虚弱过，“我想求你……可能是最后一次了……求你帮忙，请你用最快速度跑去村里……可能现在已经太晚了……给我找一个医生。但还是算了吧，这只会徒增烦恼，我们还是顺其自然吧。”

“怎么了，你叫医生做什么？”河鼠问道，走近些仔细看了看蟾蜍。他直挺挺地平躺着一动不动，声音听上去更虚弱了，整个人都变了样。

“你肯定注意到最近……”蟾蜍喃喃说，“但是，不……你为什么会注意呢？注意那些只会招来麻烦。明……明天，真的，你说不定就会对自己说：‘噢，要是我早点注意到就好了！要是我当时做点什么就好了！’但是，不，这只会招来麻烦。别放心上……忘记我刚才说的话吧。”

“听我说，老伙计。”河鼠开始紧张起来，说道，“如果你真的想要看医生，我当然会去给你请。但是你现在还不至于病得那么重。我们来聊些别的吧。”

“我亲爱的朋友，”蟾蜍苦笑道，“聊天对我现在来说已经没什么意义了，没准儿医生也帮不上什么忙了。但是，我总还想抓住最后一根救命稻草。对了，顺便说一句——我不想再给你添麻烦，但是我想起来等下你正好会经过律师那里，能不能顺带也请律师来一趟？这样我会方便一些，有些时候——或者我应该说眼下这个时候——一个奄奄一息的人临了还是要面对一些不愉快的事情。”

“律师！噢，他肯定糟糕透了！”吓坏了的河鼠心里想。于是他急急忙忙离开了房间，不过还是不忘谨慎地锁上了房门。

他站在门外想了一想，其他两个伙伴都不在，他连个商量的人都没有。

“还是慎重一点儿好。”他再三考虑后说道，“我知道蟾蜍之前无缘无故地想象自己病危的样子，但我从来没听他说过要请律师！如果真的没什么大碍，医生会开导他，让他不要瞎想，只有好处没坏处啊。我还是迁就他一次，去跑一趟，也要不了多久的。”于是他心里惦记着蟾蜍的病情，撒腿向村里跑去，帮蟾蜍去请医生。

蟾蜍一听到钥匙在门洞里转动的声音，便轻盈地从床上跳下来，从窗户里看着河鼠一路小跑，消失在车道尽头。然后他放声大笑起来，以最快速度穿上手头最时髦的衣服，从梳妆台的抽屉里拿了现金塞满口袋。接着，他把床单扯下来一条一条地结成绳子，将一头拴在漂亮的都铎式窗户中央的竖框上——这窗户是他房间风格的特色——然后他翻出窗户，拉着绳子轻轻地滑到地面上，朝着与河鼠相反的方向，兴高采烈地吹着口哨跑走了。

等到獾和鼹鼠终于回来时，河鼠和他们一起吃了一顿气氛异常沉闷的午餐。在餐桌上，河鼠不得不和他们讲述自己上当受骗的可怜遭遇，听起来着实牵强。獾对他的责备虽说不上粗暴，但也很是严厉，这也是在意料中的。但让河鼠难过的是，连一直站在他这边的朋友鼹鼠也忍不住数落他道：“河鼠兄弟，你这次真是太笨了！蟾蜍也是，他是最最最笨的动物！”

“他这次倒是骗得漂亮。”河鼠垂头丧气地说道。

“他是骗你骗得漂亮！”獾气呼呼地回答道，“算了，现在说什么都于事无补了。不用说他肯定已经跑得远远的了。最糟糕的是，他现在肯定沾沾自喜，觉得凭借自己这么点小聪明就能胡作非为了。不过值得安慰的是，我们现在都自由了，不需要把宝贵的时间浪费在这轮流看管上了。但是，我们最好在这里多住一段时间，他随时都可能被遣送回来的——不是被人抬着担架进来，就是被两个警察押送着回来。”

獾虽然嘴上说着这些，但心里也不知道未来到底会发生什么，也不知道到底要过多久蟾蜍才能回心转意、洗心革面，重新快活自在地住在他这古老的房子里。

而这时候，没心没肺的蟾蜍神采奕奕地沿着公路已经走了有几英里了。一开始他走的是偏僻的小径，又穿过很多田地，改变了好几次路线，生怕有人追上来。不过这会儿，他觉得应该安全了，不会被逮回去了。天空中的太阳微笑地将阳光洒在他身上，大自然中的一切都齐声应和着他心中吟唱给自己的那首赞歌，他得意忘形得都要在路边上跳起舞来了。

“干得漂亮！”他咯咯地笑着对自己说，“这是智力与蛮力的较量——最后还是我的聪明才智战胜了他们——这是必然的。可怜的河鼠老伙计！我的天！等獾回来就有他受的喽！河鼠兄弟真是个值得尊敬的朋友，他的优点是不少，不过就是不够聪明，没受过什么教育。哪天我要好好调教调教他，看看他是不是个可造之才。”

他昂着头，迈着大步向前走着，满脑子都是诸如此类骄傲自满的念头。一会儿，他走到了一个小镇上，街道旁挂着一个“红狮”字样的招牌，他这才想起自己早上什么都没吃，走了这么长一段路，早已饿得不行了。于是他冲进旅馆，点了一份能立即端上来的最好的午餐，然后在餐厅里坐了下来。

当他吃到一半时，外面一阵再熟悉不过的声音沿着街道由远及近，蟾蜍一惊，不由得浑身颤抖起来，那噗噗声越来越近。汽车转了个弯拐进旅馆的院子里停了下来。他不得不抵着桌子腿儿来掩盖内心那难以抑制的激动情绪。片刻之后，饥肠辘辘的那群人走进餐厅，有说有笑地谈论着他们早上的经历，夸着他们那辆座驾有多好。蟾蜍竖起耳朵，一字不落地全听在了耳朵里，最后他实在按捺不住了，在吧台付了钱，悄悄地溜出了餐厅。一出门，他便偷偷地晃进了旅馆的院子里。他自言自语道：“我就看看，又有何妨！”

那辆汽车停在院子中央无人看管，看马人和随从们都进去吃午饭了。蟾蜍围着汽车慢悠悠地转着圈，带着批判的眼光观察着里面的一切，沉醉得无法自拔。

“不知道，”随即他自言自语道，“这是不是那种启动很快的车？”

还没等他意识过来，下一秒他的手已经放在手柄上把车发动起来了。当那熟悉的声音喷发出来时，之前的激情一下子抓住了蟾蜍，整个儿俘获了他的身体与心灵。好像做梦似的，他发现自己坐在驾驶座上；好像做梦似的，他挂上档位把车掉头，冲出了拱道；好像做梦似的，所有的是非判断，对可想而知的后果的顾虑和畏惧都被抛到了九霄云外。他猛地一踩油门，在街道上驰骋，然后沿着公路疾速驶向了开阔的田地。他只意识到他又是那个真正的蟾蜍了，那个最棒最开心的蟾蜍，他又成了公路上的恐怖分子，成了车匪路霸，成了荒僻小径的主宰者。所有人都必须给他让路，不然就会被他撞得无影无踪不复见天日。蟾蜍握着方向盘哼着小曲儿，一路飞驰，汽车响亮的轰鸣声像是在和他对唱一样。路边的景致飞速向后划过，蟾蜍早已不知道自己开得有多快了，他只是跟着自己的直觉，图着眼前的痛快，完全没有想到接下来等待他的是什么。

“在我看来，”地方首席法官心情愉悦地说道，“这个案子清楚得不得了，唯一的难点是，对这个无可救药的流氓、顽固不化的恶棍应该处以什么样的刑罚，就是我们眼前这个在被告席上哆哆嗦嗦的家伙。我想想，根据确凿证据，他被指控犯下以下罪行：第一，偷窃一辆价值不菲的汽车；第二，违章驾驶，危害公共安全；第三，对乡村警察出言不逊，恶意冲撞。书记员先生，请你告诉我们，每项罪行最重的刑罚各是什么？自然，不必对罪犯的罪行提出任何怀疑，因为证据确凿，没有任何疑点。”

那书记员用笔杆蹭了蹭鼻子。“有些人认为，”他说道，“偷车是最卑劣的罪行。的确如此。但毫无疑问，对警察出言不逊、恶意冲撞才应该受到最严苛的刑罚。事实也是如此。因偷窃罪判刑一年是从轻发落，因超速驾驶判刑 3 年已是慈悲为怀，那冲撞警察就要判刑 15 年。就算只相信证词中十分之一的内容，我自己只相信这么多，我们也不难判断这次冲撞是相当恶劣的——如此说来，如果我算得没错的话，一共是 19 年监禁。

“好极了！”首席法官说道。

“为了稳妥起见，您就判个20年好了。”书记员最后总结道。

“非常棒的建议！”首席法官称赞道，“犯人！你给我打起精神来，站直了。我要判你有期徒刑20年。记好了，你要是再敢出现在我们面前，不管是什么罪行，我们都将严惩不贷！”

话音刚落，几个凶神恶煞的狱警朝倒霉的蟾蜍扑去，给他戴上镣铐，拖出了法庭。蟾蜍不停地尖叫着祈祷着申辩着，但都是徒劳。经过集市时，那里围着不少看热闹的人群，他们对还未捕获的通缉者心存怜悯，甚至愿意出手帮忙；但对于已经查获的犯人却毫不留情，朝他扔着胡萝卜，揶揄着他，大声喊着时下流行的骂人话。他经过一群朝他喝着倒彩的学生，他们一看到有绅士落难，纯洁的脸上便露出幸灾乐祸的笑容。接着他被拖着走过铛铛回响的吊桥，穿过插满尖头的吊闸，跨过一道像八字眉似的拱门，走到一座古老又阴森的城堡面前，塔楼高耸入云。走进城堡，他经过挤满了休班士兵的警卫室，他们歪嘴朝他冷笑着。又从站岗的哨兵身边走过，哨兵故意发出吓人又挖苦的咳嗽声，因为在站岗时，他们只能用这种方式来表达对罪犯的蔑视与厌恶。走上陈旧的旋梯，他走过几个全副武装的士兵，他们戴着铁质头盔和盔甲，从护面中射出两道威慑的眼神，直戳蟾蜍的心脏。穿过庭院时，那里的猎犬冲他直扑过来，把绳索勒得紧紧的，够不到他时便在空中挥舞着前爪，想要抓住他。然后他又走过几个年老的狱卒，他们把长戟斜靠在墙上，在放着馅饼和棕色爱尔啤酒的桌子上打盹。走啊走啊，走过一个酷刑室、夹指刑室，经过一个通往秘密绞刑台的岔口，一直走到了这地牢中最幽深最阴冷的一间牢房前，他们才停下脚步。那儿坐着一个老狱卒，手里拨弄着一大串钥匙。

“苍天！”警察脱下头盔擦了擦额头上的汗，说道，“快起身，老傻瓜，我们将这作恶多端的蟾蜍转交于此，厮罪大恶极、诡计多端。请尽汝所能将其严加看管。请君牢记，若有不测，汝偿命之。”[1]

那看守冷酷地点点头，把那苍老干瘪的大手按在可怜的蟾蜍肩上。生锈的钥匙在锁洞里“吱嘎”扭了两下，他们身后的大门“哐当”一声打开了。自此，在英格兰这片欢乐美好的广袤土地上，蟾蜍这个可怜无助的罪犯，走进了这里最坚固的城堡中，最森严的地牢里，最隐秘的那间牢房中。

1　古堡中所说语言都为古英语。

第七章 破晓时分的吹笛人

柳林的鹪鹩躲在漆黑的河堤边上，鸣啭着小曲儿。尽管已经晚上 10 点多了，天空还揪着几缕白日里散射的光线，迟迟不肯结束这一天。当短暂的仲夏夜伸出清凉的指尖触碰大地时，积攒了一下午的热浪随之席卷而去，消散了开来。这一整天晴空万里，闷热得直到那时鼹鼠还有点喘不过气来。他舒展四肢躺在河堤上，等着他的朋友回家。河鼠和水獭很早就约了今天要聚一聚，于是鼹鼠就在河上跟别的朋友玩耍了一整天。等他回来的时候，屋子还一片漆黑，空无一人。看来河鼠还待在他老朋友那里呢。这会儿进屋太热了，他便躺在一堆凉快的独叶草上，想着一天所做的事情，觉得真是快活又好玩。

不一会儿，鼹鼠就听见河鼠轻轻地踩着温热的草地向他走来。“噢，这宜人的凉意！”河鼠边说边坐了下来，一言不发地凝望着河流，若有所思。

“你肯定留下来吃晚饭了吧？”鼹鼠随即说道。

“只能这样啊。”河鼠说道，“他们说什么都要我留下来吃饭。你知道他们总是这么热情好客。而且他们总把所有事情都做得合我心意，让我待得特别开心。但是我心里总觉得难过。

虽然他们竭力掩饰，但是我看得出来，他们心事重重的。鼹鼠，我想他们遇到麻烦了。小胖又走丢了。你知道他爸爸有多喜欢他，只是嘴上从来不说罢了。”

“什么，那小孩吗？”鼹鼠漫不经心地说道，“可能是走丢了。但是担心什么呢？他时常迷路，最后总会回来的。他就是个爱冒险的孩子，也从来没出过什么事儿呀。这一带所有人都认识他喜欢他，就像对待他爸爸老水獭一样，没准儿，哪个动物会碰到他然后毫发无伤地把他带回来呢。哎呀，我们还不是在离家几英里的地方找到过他一次？他当时自己玩得多不亦乐乎啊！”

“是，你说得没错，但这次事态严重了。”河鼠沉亘地说道，“他走丢已经有几天了。水獭一家找遍了高高低低所有地方，一点儿踪迹都没有发现。他们也问了方圆几英里的动物们，但谁也没能提供一点儿线索。水獭嘴上不说，心里肯定焦急得很。我从他口中得知小胖还不怎么会游泳，我知道他是担心那大坝呢。每年这个时候，水会从那里倾泻而下，湍急得很，偏偏小孩子们特别喜欢去那里玩，而那里有……嗯，陷阱什么的……你是知道的。水獭可不是那种会瞎操心的家长，但现在他显然很担心。我离开的时候，他陪我一起出来，说是要去呼吸点新鲜空气，活动活动筋骨，但我知道不是这么回事儿。禁不住我软磨硬泡，他终于和我说了实情。原来他是打算晚上去浅滩边上守着。你知道以前那个老渡口吧？就是现在建了桥的那个地方。”

“我熟悉得很。”鼹鼠说，“但是水獭为什么要选择去那里守着？”

“他第一次教小胖游泳就是在那里，”河鼠继续说道，“那儿在河堤边上，浅浅的底下铺满了碎石。他还在那儿教小胖钓鱼，小胖当时钓到第一条鱼的时候别提有多自豪了。那孩子特别喜欢那地方，水獭想他要是从什么地方溜达回来——可怜的孩子，希望他现在的确在什么地方溜达着——说不定会去他喜欢的浅滩边走走。或者如果他碰巧路过那里，肯定会记得那地方，说不定会停下来玩上一会儿。所以，水獭每晚都会去那里守着——碰碰运气，你知道，就只能碰碰运气！”

他们俩都沉默了一会儿，想着同样一个情景——那个孤独心碎的动物独自蹲在浅滩旁，一整晚不合眼，就这么守候着，等待着——就只能碰碰运气。

“哎，好吧。”过一会儿，河鼠说道，“我们该回屋睡觉了。”但是他一动也没动。

“河鼠，”鼹鼠说道，“虽然可能我们什么都做不了，但我可不想就这样进屋睡觉，什么都不做。我们划船出去吧，逆流而上。过个个把小时，月亮就会出来了。到时候我们尽力搜寻一番——反正总比什么都不做回屋睡觉去要好。”

“我也这么想。”河鼠说，“这晚上也不适合睡觉。天也快破晓了，我们一路过去，说不定能从早起的动物那里得知一儿点线索。”

他们把船拖了出来，河鼠握着船桨，小心翼翼地划着。河堤上草丛树木的倒影落在水面上，看起来黑乎乎的似乎成了河堤坚实的一部分，河流中央只显出一道清晰狭窄的水道，朦胧地映衬着天空。河鼠十分小心地掌着舵。黑暗的夜空下空无一人，但各种细碎的声音却此起彼伏，浅吟低唱的歌声、窃窃私语的闲谈声、沙沙作响的窸窣声，告诉着他们这儿还有在夜晚里忙碌营生的小群体，当阳光最终照射下来时，他们才收拾收拾回去睡觉了。而这时河流的声音比白天更响亮，汩汩声和砰腾声显得更加出其不意又近在咫尺，时不时地，会突然发出清晰的叫声，吓他们一跳。

远处的地平线清晰而有力地分割着天空与大地。在天空的一角，映衬着黑夜的背景，一团向上攀爬的银色磷光越来越亮。终于，在静默等待的大地边上，月亮缓慢又庄严地升起，接着翩翩然地整个儿离开地平线，像没有船锚的船儿漂荡在海面上一样。于是，他们又看到了眼前所有的景色——平铺开阔的草坪，静谧祥和的花园，两岸之间流淌着的河水，都一改之前的神秘与恐怖，柔和地展现在他们面前，像在白昼里一样焕发出光彩，但又迥然不同。他们经常光顾的地方穿着一新，再次前来迎接他们，仿佛他们溜开去换上新装，蹑手蹑脚地回来对着你微笑，害羞地等在那里，想看看他们是否还认得换了衣服的老朋友。

他们俩把船系在一棵柳树上，踏上这片静谧的银色王国，耐心地搜寻着树篱丛、树洞、小溪和里面的暗渠、壕沟和干涸的水道。接着，他们又上船划到对岸，继续找着。他们就这样逆流而上，一路搜寻。月亮宁静又超然地挂在空旷的天空中，尽管远在天边，但还是尽其所能帮助他们，直到最后，她的时刻来临，才不得不向地平线下沉去，和他们作别。于是，神秘的气息再一次笼罩了整个田地和河流。

紧接着，所有东西开始悄悄变化。地平线开始变得更加明朗，田地和树木也越发清晰可见，但总归有些不太一样；毕竟，那神秘的气息已经渐渐褪去。一只鸟儿突然鸣叫起来，又沉默了下去。一阵微风拂过，芦苇和灯芯草沙沙作响。鼹鼠握着桨，河鼠坐在船尾。突然间，河鼠坐直身子，竖起耳朵专心地聆听起什么来。鼹鼠缓缓地划着船，让船往前移动，仔细地扫视着河堤。看到河鼠这般神情，好奇地看起他来。

“没有了！”河鼠叹着气说道，又瘫坐回座位上，“这声音太美妙了，又奇怪又新颖。结束得那么快，我倒宁愿从没听到过它。它唤起了我心中憧憬的东西，哎，真是让人痛苦。要是能再听到这声音，一直这样听下去，其他一切似乎都不重要了。噢！又来了！”他叫道，又竖起耳朵来，像着了魔一样陶醉良久。

“又过去了，我又听不见了。”不一会儿他说道，“噢，鼹鼠！那声音太美了！是远处传来的笛声，微弱但又清晰，像是愉快的召唤！这样的音乐我做梦都没听到过，而且其中欢乐的召唤比甜美的音乐本身还要强烈，更慑人心魂！快划，鼹鼠，快划！这音乐和召唤肯定是冲我们而来。”

鼹鼠非常好奇，听河鼠的话加快了速度，“可是，除了风儿穿梭在芦苇、草丛和柳条间嬉戏的声音，”他说，“其他的我什么也没听见啊。”

河鼠也没回答他是否真的听到了那音乐，只是一副欣喜若狂、全神贯注的样子，激动地微微颤抖着，整个人完全沉浸在那新奇而又神圣的东西中，就像一个羸弱但快乐的婴儿被一双有力的臂膀抱在怀里轻轻逗弄摇晃一样。

鼹鼠稳稳地划着船，沉默不语。很快他们便到了一个分岔口，有一道长长的回水分流从河流一边分叉开去。河鼠早就没在掌舵了，他微微偏了偏头，示意鼹鼠往回水处那边划。一圈圈光晕如潮涌般散漫开来，渐渐地他们能看到五颜六色的花朵，像是珠宝一样装饰着河流的两岸。

“越来越近，越来越清楚了。”河鼠开心地叫道，“现在你肯定听得见了吧！啊……终于……我知道你听见了！”

当那悦耳的笛声如波浪一样涌进鼹鼠的耳朵时，他忘记了手中的船桨，忘记了呼吸，整个人被那笛声所俘获，呆呆地一动也不能动。他看到他朋友面颊上的泪水，颇为理解地低下了头。有那么片刻，他们就定在那里，任凭岸上紫色的珍珠菜轻拂着他们。随后，那清晰威严的召唤融汇在那美妙的旋律中，将其意志强加于鼹鼠身上，让他机械地弯腰拿起船桨，再次划起船来。光晕越来越亮，而鸟儿并没有像往常一样在黎明时分欢呼雀跃。除了那天籁般的音乐，其他一切都寂静无声。

船慢慢向前滑行，他们看到两旁郁郁葱葱的草地似乎前所未有地鲜亮明绿，玫瑰花也是前所未有地鲜艳动人，柳叶菜是那么繁茂奔放，绣线菊是那么香气四溢。接着，大坝低沉的轰鸣声开始回荡在空气中。他们意识到此行已经快到终点。不管前方是什么，它肯定期待着他们的到来。

一道半圆形的大坝跨立河上，将回水处拦腰截断。翻腾的泡沫随着闪着光亮的水流倾泻而下，打转的旋涡和推推搡搡的泡沫浪花搅动着平静的水面，那庄严又缓和的轰鸣声掩盖了其他一切声响。在河流的正中间，一座小岛停泊在大坝闪闪发光的臂弯里，四周一圈密密地围种着柳树、白桦树和赤杨。远远看去，小岛矜持羞涩但又庄重神秘，仿佛蒙上了一层面纱来遮盖它想要藏匿的东西。时刻一到，才会向它挑选召唤过来的幸运儿毫无保留地呈现。

两个动物缓慢地但毫不迟疑地穿过那片动荡的水面，满怀期待地将船停泊在开满鲜花的小岛岸边。他们一言不发地上了岸，穿过盛开的鲜花和芬芳的青草地，走过一片平地，最后来到一块绿草如茵的小草坪上，周围簇拥着大自然的果树——山楂果树、野樱桃树和野李树。

“这就是我的梦之歌响起的地方，那音乐就是在这里演奏的。”河鼠恍恍惚惚地轻声说道，“在这儿，在这个神圣的地方，我们肯定能找到他，别无他处！”

接着，鼹鼠突然心中油然而生一股强烈的敬意，让他浑身酥软得像流水一样，他低下头，两脚像钉在了地面上一样。他可不是受到了惊吓——事实上他感到非常宁静和幸福——那一股敬意牢牢地抓住了他。他不用看就知道所有这一切都表明一位 8 月之神即将显现。他好容易扭头看了一眼河鼠，发现他诚惶诚恐地站在一边，整个身子剧烈地颤抖着。四周栖满鸟儿的树枝上，寂静得没有一丝声响，而光晕却在不断地变亮。

笛声虽然已经消失，但要不是那召唤强烈得让人无法抗拒，鼹鼠永远都不敢抬起自己的眼睛。事实上，即使是死神站在他面前，要对任何敢抬眼窥探这隐匿的神圣之物的人致以致命的一击，他也仍旧抗拒不了这召唤。他顺从地，哆哆嗦嗦地抬起头来。就在那一霎，大自然似乎都在屏息等待，在那清澈透亮的黎明中，在那五彩斑斓的色彩中，他的眼神落在了友谊和庇护之神[1]身上，看到那向后卷起的犄角在晨曦中闪闪发光，那双和蔼的眼睛幽默地俯视他们俩，两眼之间是一个坚挺的鹰钩鼻，长着胡须的嘴角微微上扬，面含笑意。合抱在胸前的手臂清晰可见强健的肌肉，那修长灵巧的手上还握着那支刚从唇边挪开的牧神笛，那毛发浓密的四肢庄严又安逸地搁在草地上；最后，就在牧羊神的脚蹄间，他看到圆滚滚的水獭宝宝正安静又甜美

1 这是希腊神话中的牧神潘的形象，他掌管牧羊、自然、山林乡野，有着人一样的头和身躯，山羊的腿、角和耳朵。

地酣睡着。所有这一切在晨曦的照耀下生动而清晰，让他紧张得喘不上气来。但他发现，自己还活着，他居然还活着，这实在令人难以置信。

“河鼠！”他总算喘了口气，颤抖着轻声说道，“你害怕吗？”

“害怕？”河鼠喃喃说道，眼里闪着无法言说的爱慕，“害怕！怕他吗？噢，永远不会，永远不会！不过……不过……噢，鼹鼠，我真害怕！”

接着这两个动物蜷伏在地上，低头膜拜起牧羊神来。

突然之间，金色如圆盘似的太阳庄严地从地平线上升起来，将最初的几束阳光穿过汲水的草坪，晃得他们一阵炫目。当他们定睛再看时，那幻境消失了，空气中响彻着欢乐的鸟叫声，迎接着黎明的来临。

他们茫然地睁着双眼，想到他们刚才的所见所闻，想到他们所失去的所有，一股惆怅之情袭上心头。这时刮来一阵飘忽不定的微风，从水面上飘起，摆弄了下白杨叶，摇了摇挂着露珠的玫瑰，然后轻轻地拂过他们的脸颊，而就在那温柔的触碰瞬间，他们的记忆即刻消失了。和蔼的半人神为了施展援助显现了真身，在他临走时留下了最后一份礼物：遗忘之礼。这是为了防止那敬畏的回忆在他们脑海中根深蒂固，反而使平凡生活中的欢笑与快乐为之黯然失色。被拯救的小动物应该和之前一样开开心心无忧无虑，而那挥之不去的记忆只会扰乱他们之后的生活。

鼹鼠揉了揉自己的眼睛，盯着河鼠，河鼠正疑惑地望着四周。“对不起，河鼠，你刚说了什么？”他问道。

“我想我只是在说，”河鼠缓慢地说道，“这正是我们要找的地方，我们应该就会在这里找到他，别无他处。看！哎呀，他在那儿呢小家伙！”他高兴地叫着，跑向了熟睡的小胖。

但是鼹鼠在那儿一动不动地站着沉思了一会儿，就像人们突然间从美梦中醒来，挣扎着想要回忆起其中的一点一滴，但是除了那音乐美好的感觉之外，其他什么都想不起来了，对，那美好的感觉！接着，连那感觉也随即消失了，做梦的人只能无奈地面对这冷酷无情的现实，清醒过来接受它的惩罚。鼹鼠绞尽脑汁想了一会儿后，黯然神伤地摇了摇脑袋，跟着河鼠走了过去。

小胖开心地吱吱叫着醒了过来，一眼就认出了经常陪他一起玩耍的他们俩，开心地扭来扭去。不过有这么一瞬间，他茫然地扑到地上绕着圈搜寻着什么，嘴里发出呜呜的恳求声，就像一个小孩在保姆的臂弯中快乐地入睡，醒来时却发现自己一个人躺在一个陌生的地方，于是他翻遍了各个角落和橱柜，从一个房间跑到另一个房间，心底里绝望的情绪不断默默地堆积。就是这样，小胖固执而不懈地把整个小岛都搜寻了个遍，直到那黑暗的一瞬间触碰到了他，他才放弃了寻找，坐在地上哇哇痛哭起来。

鼹鼠急忙跑过去安慰那小家伙，但河鼠在一旁徘徊，观察到草地上有几个深深的脚蹄印，心中满是疑惑。

“有个……很大的……动物……来过这儿。”他思索着喃喃自语道。他站在那儿沉思着，沉思着，脑子里翻腾起一些稀奇古怪的想法。

“快过来，河鼠！”鼹鼠叫道，“想想可怜的水獭，他还在浅滩那里等着呢！”

一听能坐着河鼠先生的小船去河上旅行，小胖立即破涕为笑了。他们俩带着他到了河边，让他安稳地坐在他们俩中间，然后划着船桨荡出了回水处。这时候太阳已经升得老高了，照在他们身上热辣辣的，鸟儿叽叽喳喳不受约束地唱着歌，岸边上的花儿朝着他们微笑点头，但是不知怎么的——他们想到——这一切看上去都不如他们刚刚在什么地方看到过的那么鲜艳夺目——但是又是在哪儿呢？

他们又划回了主河道，逆流而上。他们知道他们的朋友还在那儿孤独地守候着。当慢慢靠近那熟悉的浅滩时，鼹鼠将船停靠在岸边，把小胖抱到岸上，让他沿着纤道往前走，轻轻拍了拍他的背作为道别，然后把船一推，划回了河中央。他们看着这小家伙昂首挺胸又心满意足地沿着小道扭着身子往前走，突然他鼻子一撅，像是认出了什么一样欢快地扭动起来，迈着笨拙的大步向前冲着，嘴里尖声地呜呜叫着。他们抬头往河流那边望去，只见之前默默耐心蹲在阴暗处的水獭神情紧张而严肃，连蹦带跳地从柳条间蹿到小路上，发出一连串惊喜又快乐的呼唤声。看到这儿，鼹鼠才用力划了一桨，把船掉了个头，让河流载着他们顺流而下。漂到哪里都无所谓，因为他们的使命已经圆满地结束了。

“我感到出奇地累，河鼠。”鼹鼠说着疲倦地靠在船桨上，任由小船随波荡漾，“你可能会说这是因为我们一晚上没睡。但是这都不是事儿。每年这时候我们一周里有一半的时间都是这么度过的。不，我觉得我就在刚刚好像经历了什么非常激动人心又十分恐怖的事情。但是想想又的确没发生过什么。”

“或者是发生了什么让人非常惊叹、精彩绝伦的事情。”河鼠喃喃道，向后靠着闭上眼睛，“我也有和你一样的感觉，鼹鼠。觉得累得要命，但是却不是身体上的累。真幸运我们正好可以顺流回家，又能晒着太阳，感觉阳光深入骨髓，很美好是不是？而且还能听到风儿在芦苇丛中嬉戏的声音！”

“就像音乐，从远方传来的音乐一样。”鼹鼠昏昏欲睡地点头说道。

“我也这么想，”倦怠的河鼠迷迷瞪瞪地喃喃道，“那舞曲……旋律抑扬顿挫，都不带停的……但里面还有歌词……那舞曲变成了歌声，然后又只是舞曲了……我时不时地能听到几句……接着又是舞曲了，现在就只能听到芦苇在轻柔地窃窃私语了。”

“你的耳朵比我好使。”鼹鼠伤心地说，“我听不到歌词。”

“我来试试看能不能说给你听。”河鼠闭着双眼柔声说道，“说话声又来了——微弱但很清楚……为了避免敬畏在心中挥之不去……让你们的欢声笑语变为焦虑不安……你们唯有在我伸手施救的时候才能看到我的力量……但此后你们将遗忘！现在又响起了芦苇的声音……他们叹息着，忘记吧，忘记吧，它轻了下去，变成了一阵窸窣声和低语声。那歌声又来了——

“为了不让四肢被掐得红肿受伤……我松开了设下的陷阱……当我松开陷阱时你们在那儿看到了我……但此后你们将遗忘！划得近一点儿，鼹鼠，往芦苇丛里划一划！歌声变得越来越轻，快要听不见了。

“我是救助者和治愈者……潮湿森林里小小的流浪儿……他们迷了路受了伤，我为他们包扎了伤口……他们都将忘记！鼹鼠，再近些，再近些！哎，没用了，歌声又变成芦苇的窸窣声了。”

“可是这些话是什么意思？”鼹鼠疑惑地问道。

“我怎么知道，”河鼠简单地说，“我只是原原本本地把听到的转述给你。啊！那歌声又回来了，这次清晰、大声多了！就是这个，错不了，简单……热情……完美……”

“好，那说来听听。”鼹鼠说完，耐心地等了几分钟，在热烈的太阳底下不知不觉打起了盹。

可什么回应都没有。他瞅了一眼河鼠便明白了。河鼠脸上挂着幸福的笑容，像是仍在聆听着什么，但其实他已经沉沉地进入了梦乡。

第八章　蟾蜍历险记

蟾蜍被关在一个潮湿阴暗、臭气熏天的地牢里，就是这座中世纪阴森恐怖的城堡将他与外面那个阳光灿烂、碎石公路纵横交错的世界割裂开来。想到不久之前他还玩得如此逍遥，就像他买下了整个英格兰所有道路一样时，他就伤心得不得了，整个人趴在地上抹着眼泪，陷入昏无天日的绝望中。“什么都结束了”（他说）“至少我蟾蜍这一辈子是完了，这是一回事儿，那个英俊潇洒人见人爱的蟾蜍，那个腰缠万贯热情好客的蟾蜍，那个无忧无虑温文尔雅的蟾蜍，都完了！”（他说）“我大胆鲁莽地偷了那辆漂亮的汽车，还对着一帮肥头肥脑的红脸警察无礼撒泼，我这都是罪有应得，现在都不敢指望什么时候能重获自由了！”（他抽泣着咳嗽着）“我真是个蠢蛋！”（他说）“现在我只能烂在这地牢里，直到有一天，那些以结识我为傲的人们把我蟾蜍这个名字忘得一干二净！噢，明智的老獾！”（他说）“噢，聪明机智的河鼠，通情达理的鼹鼠！他们判断得多正确！他们看人看事多透彻啊！噢，我这个不幸的蟾蜍，被人遗忘的蟾蜍！”他就在这样的恸哭哀号中度过了几个星期，一餐饭一顿点心都没有吃。那个冷酷的老狱卒知道蟾蜍的口袋里塞满了钱，时不时会点拨他，告诉他只要肯花钱，很多东西，甚至是奢侈品，都能安排从外面送进来，但蟾蜍从来没对他的话走过心。

老狱卒有个女儿，是个可爱又心地善良的乡下姑娘，经常过来帮她的父亲做一些力所能及的事情。她非常喜欢小动物，养了一只金丝雀，鸟笼白天就挂在监狱里那厚实的墙上，鸟儿的鸣叫声让那些习惯睡午觉的犯人们不胜其烦。到了晚上，她就把鸟笼用罩子遮起来放在桌上。此外，她还有几只花斑鼠和一只不停和自己转圈的松鼠。这个好心的姑娘很同情可怜的蟾蜍，有一天，她对她父亲说："爸爸！我真不忍心看那可怜的动物这么不开心，你看他变得多瘦！你就让我来照看他吧。你知道我这么喜欢小动物。我会精心照料让他吃东西，坐起来，做做各种事情。"

她父亲回答说她想对蟾蜍做什么就做什么。他可是厌倦了蟾蜍每天郁郁寡欢、傲慢自持又刻薄吝啬的样子。于是，小姑娘抱着对蟾蜍的同情，敲开了蟾蜍的牢门。

"好了，蟾蜍，打起精神来。"她一进门就哄着蟾蜍说道，"快坐起来，擦干眼泪，理智点儿。来吃点饭吧。看，我给你带了点我自己的晚餐，还热乎着呢！"

盛在盘子里的食物上还盖着另一个盘子，缝隙里飘出腾腾的热气，里面冒着泡"吡吡"作响，香喷喷的气味顿时充满了整个狭窄的牢房。前一秒蟾蜍还趴在地上沉浸在他的痛苦之中，一闻到卷心菜那诱人的味道，下一秒他便觉着生活也并不像他想象的那么糟糕与绝望。但是，他仍在那儿哀号着蹬着双腿，不去理会她的安慰。所以这个聪明的姑娘当即便离开了，当然，她把那盘香气四溢又热气腾腾的卷心菜留了下来。蟾蜍抽泣着吸着鼻涕，思忖着，渐渐地他开始有了一些新鲜又振奋人心的念头，他想起了骑士精神、诗歌和壮志未酬的事业；他想到了广阔的草地，牛群在上面吃草，阳光灿烂清风徐徐；他想到绿油油的菜园边上围着一圈整齐的香草，蜜蜂嗡嗡作响，绕着暖洋洋的金鱼草跳舞；他想到在蟾蜍庄园的餐桌上摆餐具时清脆悦耳的叮当声，开始用餐时，椅子脚被拖着与地板之间的摩擦声。此时，狭窄的牢房似乎晕染上了一层柔美的玫瑰色；他开始想念他的朋友们，他们肯定能做些什么；还有他的律师们，他们肯定对这案子求之不得，想当初他怎么一个都没有请呢，实在太愚蠢了；最后，他想起了自己多么聪明绝顶机智灵活，只要稍微动一动他那了不起的脑袋，就没有什么解决不了的；想到这儿，他也就不那么悲伤了。

过了几个小时，姑娘回来了，手上拿着一个托盘，上面放着一杯冒着热气的香茶，一旁放着几片抹着黄油的热吐司。吐司切得厚厚的，两面烤得焦黄，黄油如硕大的金色水滴般从缝隙里溢出来，就像从蜂巢里渗出的蜂蜜一样。那黄油吐司的香味分明是在和蟾蜍说话，聊起他在明亮结霜的早晨里坐在温暖的厨房中享用美味的早餐；聊起他在冬夜客厅里温馨的炉火边，散完步后穿着拖鞋，把脚翘在火炉围栏上；聊起小猫心满意足的呼噜声，睡意满满的金丝雀叽叽喳喳的鸣叫声。于是，蟾蜍直起身子坐了起来，擦干眼泪，喝起了茶，津津有味地嚼起他的吐司来，一会儿他又滔滔不绝起来，说起他住的房子，吹嘘自己多么能干、何等重要，在那么多朋友眼里他是个怎么样了不起的动物。

狱卒的女儿发现聊这些话题跟喝茶一样能让他打起精神来，便鼓励他继续说下去。

“和我说说蟾蜍庄园吧。”她说，“听起来很漂亮的样子。”

“蟾蜍庄园，”蟾蜍自豪地说道，“是一处资质合格、设备齐全、独一无二的绅士住所；其部分建筑可追溯到14世纪，之后不断翻新，安装了所有现代化设备，有最前卫的卫生设施。那儿距离教堂、邮政局、高尔夫球场均只要5分钟路程，适宜……”

“愿上帝保佑你。”姑娘笑着说道，“我又不是想要买这房子。和我说点实实在在的事情吧。不过不急，我再去给你拿点茶和吐司来。”

她轻快地走了出去，不一会儿便拿着满满一盘吃的喝的又回来了。蟾蜍狼吞虎咽地吃起来，又恢复到了以前那神气活现的样子，和姑娘说着他的船房、池塘，围着古老城墙的菜园子；讲到他的猪圈、马厩、鸽子屋和鸡舍；聊到那儿的牛奶场、洗衣房、瓷器柜和熨衣板（她最喜欢这一个）；谈到里面的宴会厅，所有其他动物都围坐在桌子周围，听蟾蜍一展歌喉，讲各种引人入胜的故事，大家都玩得不亦乐乎。然后姑娘想了解了解他的动物朋友们，津津有味地听着蟾蜍讲他们的生活方式和娱乐消遣。当然，她可没有说她像喜欢宠物一样喜欢这些小动物，要是这么说的话，蟾蜍一定会非常生气的。最后，她给蟾蜍的水壶里装满水，拍松了他的稻草窝，和他道了晚安。这会儿，蟾蜍整个人已经红光满面的，变回了以前那个扬扬得意的样子。他唱了一两首小曲儿，那是以前他会在午餐聚会中唱的，然后蜷缩进稻草窝里，舒舒服服地睡起觉来，美美地进入了梦乡。

这之后，他们又愉快地聊了很多次，沉闷的日子一天又一天地打发了过去。狱卒的女儿越来越同情蟾蜍的遭遇，觉得这可怜的蟾蜍所犯的罪行实在不至于被这样关押起来。而蟾蜍呢，看到姑娘对他越来越温柔，虚荣地以为姑娘对他生出一些情愫来，不禁对他们之间社会地位的巨大鸿沟后悔不已。毕竟，她真是个漂亮的姑娘，而且显然对他是情有独钟。

一天早晨，姑娘看上去心事重重的，有一搭没一搭地回应着蟾蜍的问题，蟾蜍觉得他那些机智的俏皮话和才华横溢的评论并没有得到应有的赞赏。

“蟾蜍，”不一会儿，她张嘴说道，“请听我说两句。我有个阿姨是洗衣妇。”

“没事没事，”蟾蜍优雅又友好地说道，“这有什么，别多想。我有几个阿姨，本来也应该做洗衣妇的。”

“蟾蜍，你听我把话说完。”姑娘说，“你实在是讲得太多了，这是你致命的缺点。我正在想办法呢，你说得我头都疼了。我刚才说，我有个阿姨是洗衣妇。她替这座城堡里所有的犯人洗衣服——我们尽量把所有赚钱的生意都留给自家人，你知道的，肥水不流外人田嘛。她周一早晨会把要洗的衣服拿出去，然后周五晚上送回来。今天是周四，然后我就想道：你很有钱——起码你一直这么对我说——而她很穷。几英镑对你来说可有可无，但对她而言可是一大笔收入。所以我想要是能好好和她说说——收买她，我相信这是你们动物使用的词语——那就可以安排一下，让你穿上她的裙子带上她的软帽诸如此类的，然后你就可以伪装成一个洗衣妇逃出城堡了。你们俩挺像的——特别是身材上。”

“才不呢。”蟾蜍气恼地叫道，“我有非常优雅的身段——就蟾蜍而言。”

“那我阿姨的身段也很优雅。”姑娘回答说，“就她而言。不过随便你吧。你真是讨厌极了，骄傲自大又不知好歹，亏我还那么同情你，想要帮你！”

“是的是的，好吧，我真的非常感谢你。”蟾蜍急忙说道，“但是你听我说！你总不能让蟾蜍庄园的蟾蜍先生伪装成洗衣妇在村子里到处走吧！”

“那你就待在这儿，永远做你的蟾蜍吧。”姑娘气鼓鼓地回答道，“我想你是想八抬大轿把你请出去，是吧！”

实诚的蟾蜍总是乐于承认自己的错误。“你真是个善良好心又聪明的姑娘。”他说道，“我的确又骄傲又愚蠢。要是你还乐意的话，那就把我介绍给你那位尊敬的阿姨吧，我相信那位了不起的女士和我会协商出令我们双方都满意的方案。”

第二天晚上，姑娘把她的阿姨带到了蟾蜍的牢房，还把一周要洗的衣服用毛巾包上，别上一枚别针。那个老妇人对这次见面早有准备，刚进门，一眼就看到蟾蜍有意放在桌上的一堆金币，于是事情基本没怎么谈就成了。蟾蜍用金币换回了一条印花棉布长裙，一件围裙，一条围巾和一顶旧兮兮的黑色女帽。老妇人提出的唯一要求是要将她堵上嘴，用绳子将她五花大绑，然后扔在牢房墙角里。她解释说，虽然这把戏不见得多让人信服，但是加上她天花乱坠、煞有介事的描述，说不定还能保住这份饭碗。

蟾蜍很高兴地接受了这项提议，因为这样一来，他的越狱事件听起来还颇为体面，要是传出去，他可依旧是个天不怕地不怕、令人敬畏的危险分子。于是他勤快地帮狱卒女儿尽可能地把她的阿姨伪装成一副无辜的受害者模样。

“好了，现在轮到你了，蟾蜍。”姑娘说道，“脱掉你的外套和背心，你胖得够可以了。”

她一边“咯咯”笑个不停，一边帮蟾蜍系上了印花棉裙上的风纪扣，把围巾照着洗衣妇的样子围好，又把那顶旧兮兮的女帽系在他下巴下面。

“你简直和她一模一样。”她咯咯笑着说道，“我保证，在这之前你这辈子还从没像这样受人尊敬过呢。好了，再见，蟾蜍，祝你好运。你就沿着来时的路一直走，如果有人对你说话，很可能会的，都是些男人嘛，你可以逗趣儿着回他们一两句，但是要记住，你可是个寡妇，一个人孤零零地活在这世上，可别丢了名声。”

怀着忐忑不安的心，蟾蜍尽可能坚定地迈开步伐，开始了这件看上去非常草率又危险的冒险。但很快他便惊喜地发现，一切都进行得特别顺利。一想到保证他顺顺当当走过去的人缘和性别实际上完全是另一个人，他不免对洗衣妇心生敬意。那件熟悉的印花棉裙和洗衣妇敦实的身影像是开启每道铁门门锁和通过每条严酷通道的通行证。甚至当他犹豫不决不知道该往哪边拐弯时，下一道门的看守居然会叫他快点从他那里过去，因为他急着想下班去喝茶，可不想让洗衣妇磨磨叽叽地害得他守上一晚上。而对他来说，最危险的还是如何应对警卫们打情骂俏的玩笑话并做出恰如其分的回应。因为蟾蜍是个自尊心很强的动物，而那些玩笑话（他觉得）低级庸俗，实在一点儿都不好笑。尽管如此，他拼尽全力压制着心中的不满，用洗衣妇的口吻回应着那些话，同时也不失应有的分寸。

似乎过了几个小时，他才穿过最后一个庭院，谢绝了最后一个警卫室的盛情邀请，躲开了最后一个警卫张开的双臂，他假惺惺地想要给他一个告别的拥抱。最后，当他听到那扇狰狞的大门咔嗒一声在他身后关上时，感受到外面世界的清新空气，触摸着自己发烫的额头，他知道自己终于自由了！

这次大胆之举居然如此轻易地成功了，他一时还有点儿晕乎乎的。他朝灯火通明的小镇走去，心里还没底，不知道下一步该怎么走，但唯一清楚的就是他必须尽快离开这儿，因为在这儿附近，他伪装的这位老妇人可是很受人欢迎的，大家都认识她。

正当他思忖着向前走时，他注意到不远处有几盏红红绿绿的灯，然后他听到火车头“扑哧扑哧”声的喷气声和列车撞击铁轨的“隆隆”声，“啊哈！”他想道，“我运气实在太好了！这会儿火车站就是我最需要的。这下，我都不需要穿过整个小镇去到处找了，也不用再说什么俏皮话扮演这个丢人现眼的角色了。虽然有用得很，但是太伤自尊了。”

他走进火车站，仔细看了看时刻表，发现有辆差不多往他家方向开的火车在半小时后就要发车了。“实在太幸运了！”蟾蜍说道，一下子来了精神，马上跑去了售票处。

他报了离家最近的那站站名，蟾蜍庄园正是那一带的标志性建筑。下意识地，他伸手去摸背心口袋的位置，想要掏钱出来，但是那件印花棉裙，之前还无私地帮着他蒙混过关，他差不多都要忘记它的存在了，这时却横亘在他的手指与背心口袋之间，不让他伸进去。蟾蜍使出了浑身解数，但这个奇怪又可怕的东西似乎抓住了他的手，让他变得软弱无力，还不停地大声嘲笑着他，那简直就是一场噩梦。而此时，他身后排起了长队，赶车的旅客们不耐烦地躁动起来，催促着抱怨着。终于——不知怎么一下——他一直没明白到底是怎么一下——他总算冲破了阻碍，把手够到了背心口袋那个地方，但是发现——不仅一分钱都没有，连装钱的口袋都没有，连缝口袋的背心都没有！

他这才惊恐万分地想起自己把外套和背心落在牢房里了，

落下的还有他的记事本、现金、钥匙、手表、火柴、铅笔盒——生活的意义也就体现在这些东西上了。正是因为有足够多的口袋来随身携带这些东西，才将他与那些社会地位低下的动物区别开来，他们只有一个口袋或者连一个口袋都没有，出行只能靠走的，根本没有坐火车的资格。

他无可奈何地付之于最后一搏，摆出从前那副优雅的姿态——那是一股兼有着乡绅与大学教授的气质——对售票员说道："瞧，我忘带钱包了，请给我一张票吧，我明天就把钱给您送过来？这一带我很有名的。"

那售票员扫了一眼他和他头上那顶旧兮兮的黑色软帽，大笑着说道："你要是这把戏玩得多了，在这一带可就真要出名了。得了，太太，请你离开窗口，你妨碍其他旅客买票了！"

一位老绅士在他身后推了他有一会儿了，听到这话便把他挤到一边。而且更可气的是，他居然叫他"我的好太太"，这可是那天晚上发生的所有事情里最让蟾蜍恼火的了。

绝望无助的蟾蜍不知如何是好，漫无目的地晃荡在火车停靠的站台上，哭得鼻涕眼泪一大把，心想怎么这么难啊，眼看着就能安全到家了，结果却被不足挂齿的几先令和斤斤计较心胸狭隘的售票员断送了去路。过不了多久，越狱的事情就会暴露，马上就会有人来追捕，我就会被抓起来，挨一顿揍，然后又带上沉重的镣铐，拖回监狱，继续过上啃面包喝白水睡稻草窝的生活。狱卒会看得更严，刑期也会翻倍，而且，噢，那姑娘会怎么嘲讽我哟！不过，我又能做什么呢？我跑得又不快，身形又这么容易被认出来。要不挤在车厢座位底下逃票？以前倒是见过有学生做过这样的事情，他们的家长精打细算地给了他们车票钱，一分不多一分不少，学生们想把钱用在更值当的地方，于是就用这办法逃票回家。蟾蜍想着想着，不知不觉地走到了火车头面前，看见一个身材魁梧的大汉一手拿着油壶，另一只手拿着棉布，把火车头当宝贝一样给它上着油，不停地擦拭着。

“你好啊大妈！”火车司机说道，“怎么了，你看上去闷闷不乐的样子。”

“噢，先生！”蟾蜍又哭了起来，“我是个贫穷又不幸的洗衣妇。我把所有的钱都丢了，连张车票都买不起。但是我今晚无论如何都要回家，我都不知道该怎么办。噢，天哪！噢，天哪！”

“这可真是糟糕。”火车司机若有所思地说道，“丢了钱……回不了家……我想你家里肯定有几个孩子在等着你吧？”

“有好几个呢。”蟾蜍抽泣着说，“他们会饿坏的……还要玩火柴……说不定会弄翻台灯……那些小捣蛋鬼！……他们还会吵架，一点儿都不消停。噢，天哪！噢，天哪！”

“好吧，听我说，”好心的火车司机说道，“既然你说你是洗衣妇，靠洗衣服养家糊口，那就好办了。我呢，你也看出来了，是个火车司机，不消说这是个很脏的活，会弄脏好多衬衫，我妻子洗衣服都洗得烦透了。要是你肯把我的脏衣服带回去洗干净，再帮我寄过来，那我就让你坐火车头载你一程。虽然这违反公司规定，不过在这偏远的地方，没人管得这么严。”

蟾蜍一听，顿时转忧为喜，兴高采烈地爬上了火车头的驾驶室。当然，他这辈子还没洗过一件衬衫，就算他想试一试他也不知道怎么洗。不过，他连试都不用试，他心想：“等我安全回到蟾蜍庄园，穿上光鲜的衣服，兜里揣满了钱，我就给火车司机送一笔钱去，够他洗上一堆衣服的。那不是一样吗，这比我来洗更好呢。”

站台上的信号员挥动彩旗，火车司机鸣笛回应，火车缓缓驶出了车站。当火车开始加速时，蟾蜍真切地看到两边的田地、树木、树篱、牛群和马群飞速地向后倒退，想着每过一分钟他就离蟾蜍庄园更近一步，马上又能见到他的朋友们，将现金塞满口袋，睡在柔软的床铺里，能吃到好吃的，而且所有人在听到他的冒险之旅和过人的智慧时会对他赞许不已。一想到这些，他情不自禁地上蹿下跳，又喊又叫，唱着些不着调的小歌。这可把火车司机吓了一跳，他以前也遇见过洗衣妇，但从没见过这样的。

火车开出了好几英里，蟾蜍已经考虑着晚饭要吃些什么了。这时，他发现火车司机一脸疑惑地斜靠在一侧，仔细地听着什么。接着他又爬到煤炭堆上，从火车顶上向后张望着，继而他回来和蟾蜍说：“奇了怪了，我们明明是今晚朝这个方向出发的最后一班火车。但是我打赌我还听到有辆火车跟在我们后面！”

蟾蜍一下子停止了他那无聊滑稽的举动，变得忧郁阴沉起来，他感觉脊柱下方隐隐作痛，双脚一软，一屁股坐了下来，拼命地让自己不要东想西想。

这时候，月光把一切都照得明亮亮的，火车司机站在煤炭堆上稳了稳身子，看到了后面远处的铁轨。

他随即叫道：“现在我看清楚了！是节火车头，就在我们后面，全速向我们开来呢！看上去好像在追赶我们！”

蟾蜍痛苦地蜷缩在煤炭堆旁，绞尽脑汁地想着如何才能逃过此劫。

“他们马上就要追上我们了！”火车司机叫道，“那个火车头上挤着好多奇奇怪怪的人！有人像古代的狱卒，挥舞着戟棒；有戴着头盔的警察，摇摆着警棍；有穿得破破烂烂带着圆顶高帽的人，一看就知道是便衣警察，隔这么老远我也能认出来，他们挥动着左轮手枪和手杖；所有人都在挥着什么，所有人都一齐在喊“停下，停下，停下”。

蟾蜍扑通一声跪倒在煤堆里，合起双爪，向火车司机哀求道：“救救我，救救我吧，亲爱的好心的火车司机先生，我会坦白一切！我并不是你所看到的样子！我没有天真的孩子在家等我，那些都是我瞎编的！我是个蟾蜍——是颇有名望、人见人爱的蟾蜍先生，是个庄园主。我被我的敌人扔进了一个令人作呕的地牢里，刚刚凭借着我过人的胆识和非凡的才智逃了出来。要是那些火车头上的家伙再逮住我，我又要被戴上镣铐，每天只能啃面包喝白水，睡稻草窝，又会变回之前那个痛苦的、绝望的、无辜的蟾蜍了！”

火车司机一脸严肃地俯视着他，说道：“那你说实话，你为什么被关进监狱？”

“其实没什么大不了的。”可怜的蟾蜍涨红了脸，说道，“我只是在车主人吃午饭的时候借了下他们的汽车玩了玩；他们那时候并不需要用那辆车。我真的不是想要偷的，但是那些人——特别是那些官员——竟然把这种脑袋一热一时冲动的行为看得如此严重。”

火车司机神情严肃地说道：“恐怕你真是个不道德的蟾蜍，按理说我应该将你绳之以法，遣送给法院机关。但是看得出来你又苦恼又悲伤，所以我不会扔下你不管的。一来我讨厌汽车，二来我可不喜欢在自己的火车上被一群警察使唤来使唤去的。

每次瞧见动物眼泪汪汪的我就特别不是滋味儿，心就软下来了。所以快打起精神来吧蟾蜍！我会尽力帮你的，说不定我们能甩掉他们呢！”

于是，他们奋力地把煤炭铲进火炉里，火炉轰轰作响，火星四溅，火车全速向前飞驰着，但是追捕者们还是一点点地赶了上来。火车司机叹了口气，用旧棉布擦了擦额头上豆大的汗珠，说道：“蟾蜍，恐怕这样是不行的。你看他们的车跑得多轻快，那车子性能比我们要好得多。看来我们只有一个办法了，这是你唯一的机会，所以你听仔细了。前面不远处有个很长的隧道，在隧道的另一端，轨道会穿过一个茂密的森林。现在我要开足马力全速冲过隧道，而通常其他人进入隧道时为了避免发生事故，自然地会减速慢行。一穿过隧道，我就会关掉蒸汽机，用力踩住刹车，减慢车速，趁他们还在隧道里看不到你的时候，你就赶紧跳下车躲到森林里。然后我会再次全速前进，他们愿意的话可以一直追我，想追多久就追多久。你听好了，我叫你跳你就跳！”

说完，他们又拿起铲子更加卖力地铲煤，火车像子弹一样呼啸着射进了隧道，引擎轰隆作响，不时发出咔嗒咔嗒的声音。然后，它又如子弹般射出隧道。隧道的另一头迎接他们的是新鲜的空气和宁静的月光，黑黝黝的森林安静地伏在两侧，是个绝好的藏身之处。司机关掉蒸汽机踩住了刹车，蟾蜍爬下阶梯，当火车放慢到走路一样的速度时，司机大声喊道：“现在，跳！”

蟾蜍纵身一跃，在一段短短的路堤上打了个滚，毫发无损地站了起来，仓促地跑进森林里躲了起来。

蟾蜍从森林里往外窥探，只见他的火车又加速起来，飞驰地消失在远处，紧接着追捕他的火车从隧道里蹿了出来，轰鸣着叫嚣着，上面的各种人挥舞着他们的武器，大声喊着“停下！停下！停下”，当他们从他面前呼啸而过时，蟾蜍开怀大笑——这是他自关进监狱以来第一次由衷的大笑。

但是很快，他就笑不出来了。这时已是深夜，他被困在一个漆黑阴冷的陌生森林里，身无分文，晚餐也没有着落，朋友和家园更是指望不上了。当轰隆作响的火车远去后，四周是死一般的寂静，吓得他起了一身鸡皮疙瘩。他不敢离开树林的庇护，于是往森林深处走去，想着离铁轨越远越好。

在四面是墙的地牢里待了那么多天，他觉得森林陌生得很，一点儿都不友善，好像故意想要捉弄他一样。欧夜鹰发出呆板的“咔嗒咔嗒”的叫声，让他觉得整个森林都布满了搜寻他的狱卒，朝他步步紧逼过来。一只猫头鹰悄无声息地向着他俯冲过来，翅膀扫过他的肩膀，蟾蜍以为是一只手搭了上来，吓得直跳，然后那猫头鹰又像飞蛾一样轻盈地飞走了，低声“吼吼吼”地大笑着，蟾蜍觉得那笑声难听得要命。他还遇到了一只狐狸，那家伙用嘲讽的眼神从上到下把他打量了个遍，然后说道：“喂！洗衣妇！这星期给我洗的衣服里少了一只袜子和一条枕巾！下次可不许这样了！”说完他窃笑着大摇大摆地走开了。蟾蜍想找块石头扔他，但四下里什么石头都找不到，可把他气坏了。最后，又冷又饿又累的他，找到了一棵空心树，在里面用树枝和枯树叶搭了个床铺，尽可能地弄得舒服些，然后在上面沉沉地睡到了第二天一大早。

第九章　南国赶路人

河鼠整天坐立不安的，但却不知到底是因为什么。表面上看，虽然庄稼地里的绿意已被金色所代替，花楸一天比一天红，森林里东一笔西一笔地染上了气势汹汹的黄褐色，但夏日盛世的气焰仍毫不减弱，光线、气温和色彩依旧没有消退的迹象，看不出一年行将逝去的萧瑟预兆。不过，果园里和树篱上从不停歇的大合唱已经变得稀稀拉拉，只有少数几个不知疲倦的演唱者偶尔唱上一两曲黄昏之歌，知更鸟又开始大出风头了。空气里弥漫着一股变迁和离别的气息。布谷鸟自然有很长时间没什么动静了，其他有羽毛的朋友们也渐渐淡出了视野。过去的几个月里，他们都是这片熟悉土地上的一部分，是这个小圈子里的一分子，昔日庞大的队伍现在正一天天萎缩下去。河鼠一直很在意所有鸟儿的行踪，发现每天都有鸟儿往南飞去，甚至当他晚上躺在床上时，他觉得自己也能听到急不可耐的鸟儿服从着不可违抗的召唤，扑腾着翅膀掠过漆黑的夜空。

大自然这个大酒店和其他酒店一样，也有旺季和淡季的。现在旅客们一个接一个整理好行李，结账离开，餐桌每上完一顿饭，椅子就要撤去一批，套房一间间地关闭，地毯被收了起来，服务员也被遣散了。而那些长期住在酒店、等待着来年全面开业的客人们，眼瞅着平日里的伙伴们离开的离开，告别的告别，或在热烈讨论着计划、路线和新居，心情难免会受到影响。他们变得焦虑不安，郁郁寡欢，爱发牢骚，抱怨着你们为什么就这么喜欢改变呢？为什么不能像我们一样老老实实地待在这里，开开心心的哪里不好了？你们可不知道这酒店在淡季时候的模样，也不知道我们这些留下来的动物们一起度过了整整一年，玩得有多开心。但打定主意要离开的动物们总会回答，说得没错，我们可羡慕你们了……也许哪一年我们也留下……不过今年我们已经约好了……车已经停在门口……是时候出发了！然后他们微笑着点点头离开了，撇下其他动物在原地苦苦思念他们，心中窝了一肚子怨气。河鼠是个性格独立不受人牵制的动物，他扎根在这片土地上，不管身边的动物来也好去也罢，他都一直待在那儿，哪儿也不去。可尽管如此，他还是情不自禁地注意到空气中的那股气息，感受到自己已经被深深地影响了。

四下里都是送别的节奏，想要静下心来做点正事实在是太难了。河边上的灯芯草长得又高又密，河水变浅了，流得也慢了。河鼠离开了河堤，漫步朝田野走去，穿过一两片布满灰尘的干巴巴的牧场，一头钻进小麦的海洋里。金灿灿的麦浪沙沙作响，到处都是静默的动作和呢喃细语。他很喜欢这里，经常过来散步，那坚硬粗壮的麦秆像树林一样，顶起了他头上那片金色的天空——那天空无时无刻地舞动着，熠熠发光，柔声细语地说着什么；或是随着一阵劲风剧烈地摇摆，风过后猛地一转，大笑着又恢复了原样。在这个麦田小圈子里，他也有不少朋友过着忙碌又充实的生活，不过忙归忙，总有时间和来访的客人说说闲话，交流交流新鲜事。但是今天却有些不同，田鼠和巢鼠虽然客客气气的，但都忙得顾不上和他说话了。他们有些忙着挖地洞和地道，有些一小群一小群地聚集在一起，研究着小公寓的计划和图纸，这些公寓规划得宜居而紧凑，定位在商店旁边，很是便利。还有一些往外拖拽着落满灰尘的行李箱，其他的已经在那儿埋头整理着自己的行李。遍地都是一堆堆一捆捆小麦、燕麦、大麦、毛山榉坚果和果仁，堆放在那里准备运走。

“河鼠兄弟来了！”他们一见到他就叫起来，“河鼠，过来搭把手啊，别在那儿晃悠着什么都不做啊！”

“你们这是搞什么鬼？”河鼠严肃地说道，“你们该知道现在还不是考虑冬天住所的时候，还早着呢！”

“噢，是，我们知道。”一个田鼠不好意思地解释道，“不过早点做准备总是没错的，是不是？我们必须赶在那可怕的机器咔嗒咔嗒开进麦田之前，把所有的家具、行李和储备粮从这里搬走。再说，你也知道的，现在好的公寓都是先到先得，要是去晚了，只能分到什么就是什么了。而且，他们在搬进去之前还要好好收拾一下。所以喽，我们知道现在时间还早，不过也只是刚开个头而已。”

“噢，开个什么头啊，”河鼠说道，“今天这天多好。和我一起去划船吧，或去树篱那儿散散步，或者去森林里野餐，总之去干点什么别的事情吧。”

“嗯，今儿个还是不去了，谢谢你。”田鼠匆忙地回答道，“改天吧……等我们空一些的时候……”

河鼠轻蔑地哼了一声，转头想走，结果被一个帽盒绊倒，一跟头栽倒在地上，他咒骂了一句爬起身来。

“要是人们能多留点心，”一个田鼠生硬地说道，“走路留神看道，他们就不会伤着自己，也不会失了体面。河鼠，小心那个旅行包！你最好去什么地方坐一会儿。再过一两个钟头，我们也许会有时间陪陪你。”

“我看啊，你们在圣诞节之前都不会‘有时间’了。”河鼠没好气地反驳道，然后小心地走出了麦田。

他沮丧地回到了河边，他那忠诚稳重的老河永远都不会收拾行李去远行，或者搬进什么冬天住所里去。

无意间，他瞅见河堤边的一排柳树丛中栖着一只燕子，一会儿又飞来一只，跟着又飞来了第三只。他们在树枝上焦躁不安，认真地低声交谈着。

“什么，这么快？”河鼠踱着步子来到他们面前，“这么急干吗？我觉得这实在是很愚蠢。”

“噢，如果你是说这么快走，我们还没呢。”第一只燕子回答道，“我们只是安排安排。你知道，聊聊我们今年的路线，歇脚的地方之类的。旅程里一半的乐趣就是这个了。”

“乐趣？”河鼠说道，“你看，这我就不明白了。如果你们非离开这美丽的地方不可，非离开想念你们的朋友们、离开你们刚刚搬进不久的温馨的家不可，哎呀，等到了不得不走的时候，你们肯定会勇敢地直面所有艰难险阻、变幻莫测的新环境，强打起精神来上路的。但是还没到非走不可的时候，你们就满脑子想着这件事，甚至还聚在一起谈论……”

“你不能理解，这很正常。”第二个燕子说道，“我和你说说我们的感受吧。一开始，我们内心有种蠢蠢欲动的感觉，一种甜蜜的不安感，然后回忆像信鸽一样，一个接一个地飞了回来，他们在夜里拍着翅膀在我们的梦中翱翔，白天就和我们一道滑翔飞旋。那味道、那声音、那被遗忘已久的地名都慢慢地重现在我们的记忆中，和我们招手示意。所以我们就急不可耐地想要问问彼此，交流信息，让自己确信所有这一切都是真实的。”

“难道你们就不能留下来，就今年一年？”河鼠满怀期待地建议道，“我们会想方设法让你们过得舒适惬意的。你们飞得老远，都不知道我们在这儿玩得有多开心。”

“我有一年试过‘留下来’。”第三个燕子说道，“我当时太爱这个地方了，于是到了该走的时候，我没和别的燕子一起，而是留了下来。前几个星期一切都挺好的，但是后来，噢，那长得望不到头的夜晚！那没有阳光冻得浑身战栗的日子！空气又冷又湿，一整亩田地里连一只虫子都找不到！妈呀，当时糟糕透了，我没有勇气再待下去，于是在一个暴风雨的寒夜，我借着强劲的东风展翅往内陆的深处飞去。当我飞越那些高山时，雪下得很大，我奋力拼搏了一番才渡过了难关。最后我俯身冲下湖泊，感受暖融融的阳光晒在背上，看到宁静碧蓝的湖泊躺在身下，而且总算吃到了一条肥硕的虫子，那滋味！那种幸福的感觉我这辈子都忘不了！过去的一切就像一场噩梦，而随着我一周一周往南飞去，未来全是美好的假期，我飞得随意而悠闲，想逗留多久就逗留多久，只是得留心南方的召唤！所以我不会再留下来了，我已经尝过苦果了，再也不会违抗那召唤了。”

“啊，是的，南方的召唤，南方！”其他两只燕子做梦似的叽叽喳喳叫着，“南方的歌谣，南方的色彩，南方透亮明朗的空气！噢，你记不记得……”然后他们完全忘记了河鼠的存在，自顾自地陷入他们热烈的回忆中，而河鼠听得出神，内心像有团火焰在燃烧一样。他知道在他心里那根一直静止未知的心弦也被撩拨了起来。光是这几只南飞鸟儿口中那苍白无力的二手故事就已经摇醒了河鼠心中那如痴如狂的新奇感觉，让他兴奋得浑身躁动，那要是真让他亲自去体验一番，感受南方阳光的热情抚摸，南方熏风轻柔的吹拂，那该是怎么样的一番滋味？他闭上双眼，抛开一切，在南方的幻梦中徜徉了那么一瞬间，当他再次睁开眼睛时，眼前的河流似乎变得像钢铁般冷冰冰的，绿色的田野也变得暗淡无光。这时，他那忠诚的内心似乎在大叫斥责着他的懦弱和背叛。

“那你们还回来干什么？”他酸溜溜地问燕子，“这毫无生气的小地方还有什么吸引你们的？”

“你认为，”第一只燕子说道，“在时节来临的时候，我们就不会感受到其他的召唤吗？那丰饶的草地，湿润的果园，满是虫子的温暖池塘，那吃草的牛群，翻晒的干草，那有着完美屋檐的农舍集群，它们都会召唤我们。”

“难道你以为，”第二个燕子说道，“只有你一个动物万分想念布谷鸟的啼鸣声吗？”

“到了一定时候，”第三只燕子说道，“我们又会犯起思乡病，想念英国河流上静默摇曳的睡莲。但是就现在而言，这一切都显得苍白无力，遥不可及。现在我们的血液正应和着另一种音乐翩然而舞。”

他们又“叽叽喳喳”地自顾自聊起天来，这回他们令人神往的谈话里有着紫色的大海、黄褐色的沙漠和布满蜥蜴的墙壁。

焦躁不安的河鼠又转身溜达开去，爬上河堤北面微微耸起的斜坡，躺在那儿向远处唐斯丘陵的环地望去，那里阻挡了他向南远眺的视线——至今他能看到最南边的地方就是那里了，那是他眼中月亮攀爬的山脉，是他目之所及的极限。以前，对于那丘陵后面究竟有什么，他既不想看见也不想了解。而今天，当他极目南眺时，内心中激荡起一股未曾有过的渴望，那绵亘低垂的轮廓上清晰的蓝天似乎满怀希望地律动着；而今天，那不曾看见的东西变得至关重要，那不曾了解的东西成了他心中唯一真实的生活。在山脉的这一边，所有一切都显得平淡无味。而在另一边，他的内心已经看到了一整幅熙熙攘攘绚丽多彩的全景图，那浩渺无际的海洋汹涌翻腾着一排排碧绿的浪涛！白色的别墅点缀着洒满阳光的沙滩，在橄榄树林的映衬下闪闪发光！宁静的港口里簇拥着的庞大船只正准备开往低平地隆起在平静海面上的紫色岛屿，那是盛产美酒和香料的地方！

他起身又往河堤走去，但转念一想，改道走到了一条满是尘土的小路边上躺了下来，侧身躺进浓密阴凉枝杈交错的树篱下，探头望着眼前这条碎石小路，想象着它通向的那个神奇的世界；想象着那些已经踏着这条路远去的赶路人，他们会寻找到或者碰到什么样的好运和奇遇——就在那外面的世界——在远方！

正这么想着，远处传来了一阵脚步声，一个疲惫的身影映入他的眼帘，当这个身影走近时，河鼠认出了那是一只风尘仆仆的老鼠。那只赶路的老鼠走到河鼠面前，用一种异域的礼节和他行了个礼——迟疑了片刻后——微笑着从小路上走过来，坐在他身边阴凉的草丛里。他看上去很疲乏，河鼠就让他休息着，什么也没有问，因为他明白老鼠此时的想法，也知道，有时当我们放松疲劳的身体，放空疲惫的脑袋时，彼此之间无声的陪伴是多么重要。

那赶路的老鼠消瘦而敏锐，双肩微弓，爪子纤细而修长，眼角布满了皱纹，那双整洁又挺拔的耳朵上穿了小小的金环。

他身上穿着一件褪了色的蓝色针织绒布上衣，裤子也是蓝色的，上面打着补丁，污迹斑斑。随身带的东西包在一个蓝色棉手绢包袱里。

老鼠歇了一会儿后，叹了口气，又嗅了嗅空气，环顾四周。

“那是三叶草，那微风里的阵阵香气是三叶草的味道。”他说道，“我们身后那动静是奶牛吃草的声音，他们满嘴咀嚼时会轻轻地喷一下鼻息。远处有收割庄稼的声音，那边林地旁，村舍屋顶上升起一缕青色的袅袅炊烟。这儿附近应该有河流吧，因为我听到了黑水鸡的叫声。看你体格，你应该是个内河水手吧。所有一切似乎都沉睡着，但同时又一刻不停地进行着。朋友，你的日子过得挺不错的。只要你有能耐主导自己的生活，那这毫无疑问就是世界上最棒的生活！”

“是的，这就是生活，这是我唯一值得过的生活。”河鼠恍惚地回答道，可语气中全无他平日里满心确信的感觉。

“我倒不完全是这个意思。”那陌生老鼠谨慎地回应道，“但毫无疑问这是最好的生活。我尝试过，所以我知道。我刚尝试了……过了 6 个月这样的生活……所以知道这是最好的。你瞧我现在，走得脚又疼肚子又饿，离开这种生活往南跋涉，就是为了追随那个古老的召唤，回到以前的生活中去。那是我的生活，它不肯让我离开。”

“看来这又是他们南行队伍中的一员喽？”河鼠暗自想，“你刚从哪儿来？”他问道，但他不敢问老鼠要上哪儿去；他似乎对这答案已经了然在胸了。

“从一个漂亮的小农场。”赶路人简短地回答道，“就在那个方向。”他冲北面点了点头，“不过那儿也无关紧要了。那里有我想要的一切——我有权期待的一切，甚至更多！但现在我来到这儿了！当然不管怎么说，我还是很高兴能来到这儿！因为这里离我心中渴望的地方又近了不少！”

他闪亮的眼睛紧紧盯着地平线，像是在倾听某种声音，内陆地带虽然有牧场和农庄的欢快音乐，但唯独缺少他想要的那种声音。

“你不属于我们一类。”河鼠说道，“也不是农家老鼠，依我看，你甚至都不是这个国家的。”

“没错。”外来的老鼠回答道，“我是一只航海老鼠，是的，我最早是从君士坦丁堡的港口开始航行的，不过说起来，我在那儿也是个外来老鼠。朋友，你听说过君士坦丁堡吧？那是个美丽的城市，有着源远的历史和灿烂的文明。你大概也听说过挪威国王席格德[1]吧？他指挥着60艘船只开往那里，率领着他的部下气宇轩昂地骑马进城，满街都悬挂着紫色和金色的天篷向他们致敬。国王和王后亲临他的舰船，与他一道共进餐宴。当他要返程回国时，他部下不少北欧人留下来成了国王的贴身护卫，我的祖先生长在挪威，当时也随着席格德送给国王的船只一道留了下来。这也就不奇怪打那以后，我们家族一直都以海员谋生。对于我来说，我的出生地是我的家，而从我的出生地到伦敦河之间的任何一个舒适的港口也都是我的家。我对他们熟稔于心，他们对我也很是了解。随便把我放在其中的任何一个码头或是海滩，我就等于回家了。

“我猜，你常出海远洋吧？”河鼠渐渐感兴趣起来，说道，“连着几个月几个月地见不到陆地，粮食日益缺少，饮水也要

1　西居尔一世（Sigurd I Magnusson,1090—1130）：挪威国王，参加十字军的第一个北欧国王。

定量分配，整天只能和浩渺的大海畅谈聊天，是不是这么回事？”

“才不是咧。”海鼠坦率说道，“你描述的生活和我的相差十万八千里呢。我做的是海岸营生，很少离开陆地。吸引我的是岸上的快乐时光，和航海一样让我着迷。噢，那些南方的海港！它们的气味，那夜晚的锚灯，那辉煌的景致！”

“好吧，说不定你选了一种更好的生活方式。”河鼠说道，但是心中满是怀疑，“如果你愿意的话，和我说说你的海岸生活吧，说说一个精力充沛的动物会从那里收获什么，让他在往后的日子里能坐在火炉旁，追忆这辉煌的往事。坦白和你说，今天我觉得我的生活怪狭隘怪局限的。”

“我上次出海，”航海老鼠讲了起来，“满心期待地打算置办一处内陆农庄，于是我踏上了这片土地。这次航行可以作为我所有航行的范例，算得上是我绚烂多彩的生活中一个缩影吧。我就和你说说这一次航行吧。一切照例是家庭矛盾开的头。当我闻到家里的硝烟味儿时，便跳上一条开往君士坦丁堡的小商船。海浪荡漾着永不泯灭的记忆，一刻不停地翻滚着，一浪接着一浪地把我送到了希腊群岛和黎凡特，那金色的白昼和宜人的夜晚！商船不停地在港口进进出出——那里都能遇到我的老朋友——炎热的白天里我们就在一个阴凉的寺院里或废弃的蓄水池里睡觉——等到太阳下山，我们就纵情豪饮，放声高歌，头顶上天鹅绒一般的夜空中群星闪烁！之后，我们又调头沿着亚得里亚海岸航行，那海岸浸染在琥珀色、玫瑰色、碧绿色交织的海水中。我们停泊在陆地环绕的宽阔港口里，游逛在古老又气派的城市中。终于一天早晨，当庄严的旭日从我们背后冉冉升起时，我们沿着一条金色的航道进入了威尼斯。噢，威尼斯是个美丽的城市，老鼠可以在其中自由自在地散步和玩耍！要是走累了，晚上可以坐在大运河边和朋友们开怀痛饮，空中乐声飘荡，天空布满繁星，摇摇晃晃的贡多拉[1]铁质船头被擦得雪亮，隐隐地闪闪发光，河面上的船一只紧挨着另一只，你可以踩在上面从运河的一岸走到另一岸！说到那里的食物——你喜欢贝类吗？得了，得了，我们现在还是不说这个了。”

他沉默了一会儿，河鼠也静静地不说话，整个人着了迷似的，仿佛自己也游荡在运河上，听到一首魔幻之歌，在雾气腾腾、波浪击打的河墙之间回响。

“最后我们继续向南走。”海鼠继续说道，“沿着意大利海岸向下航行，来到了巴勒莫。我在那儿上了岸，度过了很长一段快乐的时光。我从不在一艘船上待得太久，那样会让自己变得心胸狭隘抱有偏见。再说，西西里可是我的乐土。在那儿我认识所有人，他们的做派很对我胃口。我和乡间的朋友们好好聚了聚，在岛上愉快地度过了好几个星期。等到又闲不住的时候，我搭上了一艘去撒丁岛和科西嘉岛的商船。当我又一次感受到清新的海风和浪花飞沫掠过我的脸颊时，别提有多高兴了。”

“但是货舱是不是又热又闷，透不过气来……你们是这么叫的吧？”河鼠问道。

航海老鼠向他眨了眨眼，“我是个老船员了，”他简单地说道，“船长舱对我来说已经够好了。”

“大家都说航海生活不易。”河鼠喃喃着陷入了沉思。

“对水手们来说的确如此。”海员严肃地回答道，又似有

1 威尼斯著名的水上交通工具，使用非常普遍。

似无地眨了眨眼。

“从科西嘉岛，”他继续说着，“我上了一艘去内陆运送葡萄酒的船。傍晚时分，我们到达了阿拉希奥，我们把酒桶拖上来，推到船外的水中，用一根长绳把它们一个个连接起来，然后水手们乘上小艇，拉着绳子唱着歌朝岸边划去，身后拖着一长串上下晃动的木桶，就像海豚排出来的一条一英里长的队伍。岸上有马等着，马儿拖着酒桶，咔嗒咔嗒地攀上小镇陡峭的街道。当最后一桶酒运送完毕后，我们就吃点东西，歇一会儿，晚上继续和朋友们一起畅饮到深夜。第二天一早，我到一片橄榄林里好好休息了一段时间。这时我厌倦了海岛，港口和航行已经足够了。我在农夫当中过了段慵懒的生活，经常懒洋洋地躺着看他们劳作，或在高高的山坡上伸展着四肢，眺望着远在脚下的蔚蓝色的地中海。我就这样从容不迫地一程接着一程，或者步行，或者乘船，最终到达了马赛，和我的老船员朋友们见了面，参观了远洋巨轮，又大快朵颐地饱餐了一顿。又说到那贝类了！哎呀，有时候我梦到马赛的贝类，竟哭醒了！”

“你这话倒提醒我了。”礼貌的河鼠说道，“你刚提到你很饿，我本该早点说才是。你会留下来和我共进午餐吧？我的洞穴离这儿不远，现在已经过了中午，欢迎你来我家吃点便饭。”

“你真是个好心人，太麻烦你了。”航海老鼠说道，“我刚坐下的时候确实饿了，后来不小心提到了贝类，我的胃饿得都抽筋了。不过能不能请你把午餐拿到这里来？除非万不得已，我不太喜欢走到土壤里去。而且，我们一边吃，我一边还可以接着和你讲讲我的航海经历和快乐的生活——至少对我而言很快乐。从你专注的神情来看，你也觉得这很不错吧。如果我们进屋去，十有八九我一会儿便会睡着的。”

“这真是个好主意。”河鼠说完急匆匆地跑去家里，拿出午餐篮，准备了一顿简单的午饭，考虑到客人的家乡和偏好，他特地拿了一条长长的法棒，一根蒜香四溢的香肠，几块有点融化了的芝士，又放进一壶长颈烧瓶，用稻草盖起来，里面装的是从遥远的南方山坡上酿造珍藏的葡萄美酒。准备妥当后，他拎着满满一篮食物飞速地回到刚才他们讲话的地方。接着，他们俩在路边把篮子里的食物倒出来放在草地上，听到老海员一个劲儿地夸奖着他的品位和判断，河鼠高兴得满脸通红。

航海老鼠稍稍填饱了些肚子后，接着讲述他最近的那次航行，带领着他那天真的聆听者从西班牙的一个港口走到另一个港口，登上了里斯本、波尔图和波尔多的口岸，向他介绍了美丽的海港康沃尔和德文郡，然后沿着海峡上行，到达了最后的港湾地带。在经受了暴风雨的洗礼后，逆风而行的他们最终登上了陆地，嗅到了又一股春天来临时魔法般的暗示和指令。他像着了魔一般，急匆匆地长途跋涉地往内陆走去，一心想体验在田头的安静生活，远远地离开海上那永不知停歇的颠簸劳顿。

听得入神的河鼠兴奋得全身发颤，紧随着这位冒险家驶过狂风暴雨的港湾，穿过熙熙攘攘停满船只的泊位，冲破急流越过港湾的沙洲，驶向蜿蜒的河流深处，猛一个急转弯就发现了隐藏其中的繁忙小镇，而最终当航海老鼠说到他在那无聊的内陆农庄住下来时，河鼠遗憾地叹了口气，关于这农庄，他一点儿都不想听。

吃完了午饭后，航海老鼠恢复了体力，精神抖擞，声如洪钟，双目炯炯有神，明亮得就像遥远海域的灯塔一般。他斟上一杯殷红透亮的南国美酒，向河鼠靠拢过来，眼神直勾着河鼠，迫使他全神贯注地听着他说话，用他的故事紧紧抓牢了河鼠的身心。那双眼睛的颜色变幻莫测，像是汹涌的北海翻腾的泡沫一般时而变灰时而变绿，而酒杯里闪着宝石般热烈的光芒，像是南方的心脏，为敢于与之共同脉动的勇者而跳动。这两束光芒，一个是变幻的灰色，另一个是坚定的红色，牢牢地俘获了河鼠，让他为之着迷为之陶醉，他无力抗拒，身体疲软得像不是他的了一样。而光芒之外的静谧世界离他们越来越远，不复存在。他只听见航海老鼠的话音，他美妙的谈话继续着——它究竟是讲话声，还是间或变为了歌声——是水手起锚时高唱的号子，是船桅在凛冽的北风中嘹亮的呼号，是日落时杏黄色的天空下，渔夫拉网时唱的歌谣，是贡多拉或者轻舟上演奏的吉他和曼陀铃的和弦？这话音似乎又变成了风声，一开始平淡无奇，随后逐渐走强，变成咆哮和怒吼，转而越升越高，成了撕扯心肺的厉声尖叫，然后又低落下来变成鼓得像水蛭肚子一样的帆布上发出的悦耳的震颤声？这位着了迷的听众似乎听到了所有这些声音，还伴随着海鸥和海燕饥饿的哀鸣声，海浪拍岸时温柔的轰隆声，还有小石子抗议的呼喊声。这些声音又复原成了说话声，河鼠的心砰砰狂跳，跟着这位冒险家游历了十几个海港，经历了战斗、脱险、聚会、交友和见义勇为的壮举。他时而在海岛寻宝，时而在平静的环礁湖里钓鱼，时而整天躺在温暖的白沙上打盹。他听他讲深海捕鱼，在一英里长的渔网里兜上来一片银光闪烁的鱼群；听他讲突如其来的危险，在月黑风高的夜晚里排山倒海般的巨浪狂吼轰鸣，或是大雾天里头顶上突然冒出一艘巨轮高耸的船头；听他讲返回故里的欢乐场景，船头绕过海岬，驶进灯火通明的海港，码头上人影攒动，欢呼声不绝于耳，大缆绳啪地甩了过去，水花四溅，吃力地走上陡峭的街道，向那挂红窗幔的温暖灯光走去。

后来，河鼠像做着白日梦一样，看到这位冒险家站起了身，不过他仍在说着不停，还用那双海灰色的眼眸紧紧地盯着他。

“好了，”他轻轻地说道，“现在我又要上路了，要朝西南方向风尘仆仆地走上好多天，直到走到我熟悉的小镇，坐落在海港峭壁上的一个灰色滨海小镇。在那儿，从昏暗的门道向下望去，可以看到一行石阶，上面覆盖着长长的粉红色缬草，石阶的尽头便是蓝莹莹的海水。古老堤岸上的铁环或柱桩上系着几艘小艇，漆成了鲜艳的颜色，跟我小时候爬进爬出的那些小艇一个模样。涨潮时，鲑鱼随波跳跃，一群群鲭鱼银光闪闪，活蹦乱跳地游过码头和岸边。巨轮昼夜不停地在我们窗前徐徐漂过，驶向停泊处或是奔向茫茫的大海。所有航海国家的船只终归都到抵达那里。在预定的时刻，我挑中的那条船会起锚开航。我并不急于上船，而是静候时机，直到它驶到河中央，载满了货物，船首朝着海港时，我才乘上小艇或攀着缆绳悄悄溜到船上去。早晨一觉醒来，我就会听到水手的歌声和沉重的脚步声，绞盘的吱嘎声和收锚索时欢快的哐当声。我们扯起船头的三角帆和船桅帆，当船离岸时，岸边白色的房屋会从我们身边慢慢移开，航海就此开始了！当船向海岬缓缓驶去时，她全身鼓胀着白帆；一到外海，她便迎着汪洋大海的万顷碧波，乘风破浪，直指南方！”

“还有你，小兄弟，你也会来的。时光一去不复返，南方正等着你呢。趁着时机还没有从你眼皮底下溜走，快抓住它，冒一次险，听从那召唤吧！这不过是砰地关上身后的门，迈开喜悦的步伐，你就抛开了旧生活，跨入了新生活了！等很久以后的某一天，杯中酒喝干了，好戏演完了，你要是愿意，就溜达着回来，坐在这安静的河边，有一大堆美好的回忆会和你作伴陪你度日。你还年轻，可以毫不费力地追上我，我上岁数了，腿脚不利索，走得慢一点，经常要停下来回头看看。我相信，总有一天我会看到你步履匆匆地跟上来，怀着对南方满腔的热情矫健而来！”

他的说话声越来越小，就像小虫子的嗡嗡声由强变弱，慢慢杳无声息了。河鼠待在原地，盯着白色路面上那个远去的小黑点。

然后他直直地站起来，有条不紊地收拾起午餐篮，木木地回到家，把一些小件必需品和他特别宝贝的小玩意儿统统装进一只背包里。他慢条斯理地收拾完后，在屋里来回转悠，像个梦游者一样，还不住地张着嘴侧耳倾听。最后他将背包甩到肩上，仔细挑选了一根结实的棍子以备路上用，不慌不忙可也没有半点迟疑地迈出家门。正好这时，鼹鼠出现在了门外。

“咦，河鼠兄弟，你这是上哪儿去啊？”鼹鼠一把抓住河鼠的胳膊，惊愕地问道。

“去南方，和别的动物一起。”河鼠看也不看他，梦呓般地喃喃道，“先去海边，再乘船，然后到那些呼唤我的海岸去！”

河鼠坚定地径直朝前走去，仍然不慌不忙，又无人能够左右。鼹鼠一下子慌了神，忙用身子挡住他，盯着他的眼睛瞧了瞧，发现这双眼睛像定格了一样，闪着波浪般浮动的灰色光芒，这不是他朋友的眼睛，而是什么别的动物的！他牢牢抓住河鼠，把他拽回屋里，推倒在地上按住不放。

河鼠拼命挣扎了一阵，然后突然间泄了气，躺着一动不动虚乏无力。他紧闭着双眼，浑身哆嗦起来。鼹鼠随即将他扶起来坐到椅子上。河鼠瘫坐在那里缩成一团，身子剧烈地抽搐着，随后爆发出一阵歇斯底里的干号。鼹鼠一个箭步冲到门边将门锁上，又把他的背包扔进一个抽屉里锁好，然后静静地坐在他朋友身边，等着这奇怪的发作慢慢自己消失。渐渐地，河鼠打起了瞌睡，不过惊醒了好多次，嘴里咕哝着什么胡话，在毫不知情的鼹鼠听来，那都是些荒诞不经的异国故事。终于，河鼠沉沉地睡着了。

鼹鼠被这突如其来的状况一下子搅得心神不宁，于是暂时走开去忙活了一阵家务。等天快黑的时候，他回到客厅里，看到河鼠仍待在原地，早已经睡醒了，只是整个人没精打采的，一声不吭，神情沮丧。他扫了一眼河鼠的眼睛，谢天谢地，那眼睛又变回了以前那清澈的黑棕色了。他坐了下来，想让河鼠打起精神来，讲讲究竟发生了什么。

可怜的河鼠尽其所能一桩桩一件件地解释着，可本来那些大都是暗示性的东西，冷冰冰的语言怎么解释得了？他如何能对别人复述那些缭绕在他耳边迷人的海浪声，又如何能再现航海老鼠千百种回忆的魅力？甚至对他自己而言，如今魔咒已破，魅力也消失了，几小时前天经地义、宇宙间唯一的事情现在连他自己都不知从何解释。所以，他没能让鼹鼠明白那天他到底经历了些什么，也就不足为怪了。

对鼹鼠来说，有一点是显而易见的，那就是那阵狂热病让河鼠饱受打击，情绪低落，但好在这一切终究已经过去，他又清醒过来了。但他一下子似乎对日常生活中的那些琐事没了兴趣，对季节变换带来的令人愉悦的变化和活动也无心安排。

后来，鼹鼠装作漫不经心地聊到了正在收割的庄稼，堆得像塔一样高的马车，奋力拉车的马儿，越来越多的草垛，还有那冉冉升起的一轮皓月，照着堆满一捆捆庄稼的田地。他讲到苹果正在变红，野果子在变黄，讲到制作果酱、蜜饯和酿造甜酒，自然顺势地谈到了隆冬的热闹欢乐和舒适温暖的室内生活。谈到这些时，他说得煽情极了。

渐渐地，河鼠也坐直身体应答起来，他呆滞的眼睛渐渐明亮起来，不再光听不说了。

随即，眼尖心细的鼹鼠悄悄溜开，拿了一支铅笔和一张纸放在朋友的手边。

“你好久没作诗了。”鼹鼠说道，“今晚你可以写点诗看看，而不必……嗯，老是胡思乱想的。我估摸着，要是你写下几行诗，哪怕只是几个韵脚，你也会感觉好很多的。”

河鼠倦怠地把纸笔推到一边，可心思缜密的鼹鼠找个借口离开了客厅。过了一会儿，他从门边上往里窥看，只见河鼠已经在聚精会神地在作诗了，完全沉浸在诗歌的世界里。他一会儿在纸上涂涂写写，一会儿嘬嘬笔头。说实在的，他嘬笔头的时间可要比写字的时间长得多得多，不过鼹鼠还是很欣慰，因为他的疗法已经奏效了。

第十章　蟾蜍历险续记

树洞正面朝着太阳升起的方向，于是蟾蜍很早就醒了，一定程度上是由于明亮的阳光直照着他，还因为他的脚趾冻得要命，这导致他做梦梦到自己躺在他那装有都铎式窗户的漂亮房间的床上。那是一个寒冷的冬夜，他的被子从床上爬起来，一个劲儿地抱怨着抗议着，说这么冷它再也受不了了，于是向楼下跑去想要到厨房的炉火边暖一暖，蟾蜍光着脚紧追着它们，跑过几英里冰冰凉的石头路，一路上和被子争论着，恳求着它讲点道理。要不是蟾蜍之前在石板上的稻草窝里睡过好几个星期，几乎忘了厚实的毛毯掖在下巴的温馨感觉，他说不定会醒得更早呢。

蟾蜍坐了起来，先揉了揉眼睛，又揉了揉冻得叫唤的脚趾头，迷迷糊糊地想了一会儿他到底在哪儿，他四下里张望，找寻那熟悉的石墙和铁栏小窗，然后他心猛地一跳，想起了所有的一切——他越狱逃亡、搭顺风车，还有那些追捕他的人，想起了天大的好事，他现在自由了！

自由！单这一个词，单这一个念想就值回五十条毛毯。当他想到外面的世界正愉快地等待着他胜利归来，像他落难之前一样随时准备着为他服务效劳，迫不及待地为他排忧解难，他就觉得从头顶到脚趾都暖和了起来。他抖了抖身子，用手指把头发上的枯树叶扯下来，梳洗完毕后，阔步走进了晨光中。身上虽觉得冷，但心中充满了自信；肚子虽饿，但希望却是满怀。经过了一夜休整，再加上头顶上热情的阳光，昨天那惊心动魄的紧张情绪消失得无影无踪了。

在这个夏日的清晨，整个世界都是他的。当他踏过沾满露水的林地时，那儿静悄悄的；走过林地，是一片绿油油的田野，他可以在那儿想干什么就干什么；走到大道上时，到处都是冷冷清清的，那大道像是只迷路的小狗，焦急地寻找着伙伴。然而蟾蜍要找的是会讲话的东西，能给他指个路。要是你心情愉悦，清白无罪，口袋里塞满了钱，又没有人满世界地搜捕你要把你重新扔进监狱，那你顺着道路信步而行，不管往哪儿走，走到哪儿都挺好。但是现实的蟾蜍却忧心忡忡，每一分钟对他来说都至关紧要，而那条路却硬是不开口，气得蟾蜍恨不得踹它几脚。

这条缄默的乡间道路不一会儿就碰上了他羞涩的小兄弟水渠。水渠牵着道路的手，自信满满地同它漫步前行，但他对陌生人也同样紧闭双唇，一句话不说。“不管他们了！”蟾蜍自言自语道，“不过有一点儿是清楚的。他们俩肯定是一起从什么地方来，要去什么地方。这准错不了。蟾蜍，好家伙！”于是他耐心地沿着水渠边大步走着。

顺着水渠拐了个弯，迎面走来一匹孤零零的马，拖着沉重的步子，费力向前佝偻着身体，一副心事重重的样子。他颈圈上拉着一条长长的绳子，拽得紧紧的，上面挂满了水珠，较远的一边更是滴着珍珠般的大水滴。蟾蜍给马儿让了路，站在那儿等着看命运将会给他送来什么。

在运河缓缓的弯道里，平静的水面搅起一个快乐的漩涡，接着，一艘驳船滑到了他的边上。船舷漆成了鲜艳的颜色，上缘和纤道齐平，上面唯一的乘客是一位高大壮硕、戴着一顶亚麻遮阳帽的女人，她那粗壮有力的手臂搭在舵柄上。

“今天早晨天气真好啊，太太！”她把船驾到蟾蜍身边，跟他打招呼道。

“是的，太太！”蟾蜍礼貌地回答道，和她平行着走在纤道上，“我想对那些没什么烦恼的人来说，这的确是个不错的早晨，可惜我并不是。我那结婚的女儿写了一封十万火急的信叫我尽快过来，于是我就赶来了，也不知道她那儿出了什么事儿，或者要出什么事儿，就怕出什么坏事儿。太太，您要也是位母亲的话，肯定理解我的心情。我丢下手上的营生——我是洗衣妇，太太您肯定知道——撇下了家里的小不点儿，让他们自己照顾自己。这群捣蛋鬼，没有谁比他们更调皮捣蛋惹是生非的了，太太。可我现在丢了钱，又迷了路，我那女儿到底会出什么事儿，哎呀，太太，我真是都不想去想！”

“太太，您那出嫁的女儿住在哪里？”船娘问道。

“她就住在大河附近，太太。”蟾蜍回应道，“挨着一所叫蟾蜍庄园的漂亮房子，应该就在这一带附近，您可能听说过吧。”

“蟾蜍庄园？哎呀，我正好往那个方向去。”船娘回答说，“再下去几英里，不到蟾蜍庄园那块儿，这条水渠会和大河汇合起来。从那儿走过去很近的。你上船来吧，我捎你一程。”

她把驳船开到河堤边上，蟾蜍嘴里不停地道着谢，轻盈地踏到船上，心满意足地坐了下来。“我又交上好运啦！”他想道，

“我总能化险为夷，吉人自有天相！”

“这么说您是洗衣妇喽，太太？”他们一同滑行时，船娘礼貌地问道，“您要是不嫌我多嘴，我觉得这是个不错的营生。”

“是全国最好的营生了。”蟾蜍神气地说道，“所有上流人士都上我这儿洗衣服——他们和我很熟，不肯去别家洗，哪怕倒贴钱给他们也不肯。你要知道，我熟悉我工作的每个环节，亲力亲为，不管是洗涤、熨烫、上浆，还是为绅士缝制赴宴的考究衬衫——所有这一切都在我眼皮子底下完成的！”

“不过太太，这些事你不必亲自做吧？”船娘充满敬意地问道。

“噢，我手下有很多姑娘，”蟾蜍轻巧地说道，“二十来个吧，一刻不停地给我干活。不过太太，你是知道这些姑娘们的！邋遢的小娘们，我就是这么叫她们的！”

“我也是。”船娘打心眼里赞同道，“她们就是一帮游手好闲的懒虫！不过我猜您一定把她们调教得规规矩矩的。那您很喜欢洗衣服喽？”

“喜欢，”蟾蜍说道，“喜欢得不得了。没有比把两手泡在洗衣池里更快活的了！而且洗衣服对我来说小菜一碟，一点儿都不费劲！我跟你说太太，那真是一种享受！”

“遇到你真是太幸运了！”船娘若有所思地说道，“我俩真是都交上好运了！”

“嗯，这话怎么讲？”蟾蜍紧张地问道。

“您瞧。”船娘回应道，“我也像你一样喜欢洗衣服，其实不管我喜不喜欢，这事儿都得我做。我每天都驾船跑东跑西，衣服自然也是走到哪儿洗到哪儿。我家老头爱偷懒，把驳船交给我开，所以我哪有时间料理家务。照理说，他现在应该在这儿，要么掌舵，要么喂马，幸亏那马还算听话，知道自个儿管好自个儿。可他早带上狗打猎去了，说去什么地方打只野兔回来做晚饭，会在下一个水闸那里赶上我。也许吧——可他一旦带上那条狗出去，那就不好说了，一句话都信不了，那狗比他还坏——这样一来，我怎么洗得了我的衣服？”

“噢，别想洗衣服的事了。”蟾蜍说道，他一点儿都不喜欢这个话题，“你只管专心想想那兔子就行了。我打赌肯定是只又肥又嫩的兔子。你有洋葱吗？”

“除了那些要洗的衣服，其他的我什么都想不了。”船娘说道，“我倒纳闷了，眼前有这么桩美差摆在您面前，您还有心思聊着兔子呀。在船舱的角落有我一堆要洗的衣服。您只需从里面挑几件最需要洗的——我可不敢对您这样一位太太直说是什么，不过你瞅一眼就知道了，无须我多说——趁我们赶路的时候您把衣服放洗衣槽里洗洗，哎呀，就像您刚说的，这对您是一桩乐事，对我而言可是帮了我大忙。那儿有现成的洗衣桶、肥皂，炉灶上有水壶，还有个水桶，可以从水渠里提水上来。这样一来，我才能让您自得其乐，免得像现在一样无所事事地坐着，闲得只能看看风景打打哈欠。”

“这样，让我来掌舵吧！”蟾蜍说道，整个儿慌了神，“这样你就可以依你自己的方式去洗衣服了。我可能会把衣服洗坏的，或者洗得让你不满意。我还是更习惯洗绅士的衣服，那是我专长。”

“你来掌舵？”船娘大笑着回答道，“开驳船可得花点儿功夫学学才行。而且，这可枯燥了，我是想让您开心。不，您去干您喜欢的洗衣活，我来掌我熟悉的舵。我想好好款待您一番，您可别辜负了我一片好意啊！”

蟾蜍被逼得无话可说，他想逃出驳船，但往四下里一瞧，发现船离岸太远，跃都跃不过去，无可奈何之下，他只能听任命运摆布。“如果真只能这样的话，”他绝望地想道，“我想傻瓜都会洗衣服的吧！”

他从船舱里拿出了洗衣桶、肥皂和其他一些需要的东西，胡乱捡了几件衣服，脑子里回忆着他经过洗衣房窗口时不经意瞥到的一些场景，然后动手洗了起来。

漫长的半小时过去了，每过一分钟，蟾蜍就变得更恼火。无论他做什么，似乎都无法让手中的衣服开心。他是软硬兼施，哄骗不行，就对着衣服又拍又打，而衣服们只是从洗衣桶里冲他嬉皮笑脸，还是一副老样子，没有一点儿悔改之意。有那么一两次，蟾蜍紧张地转头看了看船娘，可她似乎出神地掌着舵，只顾凝视着前方。他的后背疼得很，沮丧地发现自己的爪子都给泡得皱巴巴的。蟾蜍对自己的爪子一向都非常珍爱。于是，他轻声嘟囔了几句不应该从一个洗衣妇或是蟾蜍口中说的话，肥皂滋溜一下又掉到了地上，这差不多是第 50 次了。

突然他听到一阵大笑，吓得他腾地直起了身，回头一看，只见那船娘正仰着头，肆无忌惮地放声大笑着，连眼泪都笑出来了。

“我一直在观察你，”她边笑边喘着气说道，“看你说话那一股子吹牛劲儿，我就猜到你肯定是个骗子。还敢说自己是洗衣妇！我打赌你这辈子最多也就洗了一块擦碗布吧！”

蟾蜍本来就强压着怒火，听到这话一下子就爆发了，完全失去了控制。

“你个丑陋又下贱的肥女人！”他叫道，“你居然敢对上等人这么说话！什么洗衣妇！睁大你狗眼看看我是谁，我是大名鼎鼎、受人爱戴、成就卓越的蟾蜍！眼下我可能有点落魄，但是我绝不允许一个船娘嘲笑我！”

那女人走近了点，仔细朝他帽子底下端详了一番，“哎呀，果然个癞蛤蟆！”她叫道，“啊，太不像话了！一个令人讨厌、肮脏又吓人的癞蛤蟆居然上了我这干净漂亮的驳船！我可不允许这事情发生！”

她放下舵柄，还没等蟾蜍回过神来，便伸出满是斑点的胳膊一把抓住蟾蜍的前脚，另一只胳膊迅速地抓住他的后脚，顺势一扔。蟾蜍只觉得整个世界翻了个个儿，驳船仿佛轻盈地划过天空，风儿在他耳边呼啸，他感觉自己腾空而起，急速旋转着掠过空中。

终于，哗啦一声，他落入水中，溅起一个巨大的浪花。河水冷得很，不过这凉意还不足以浇灭他骄傲的情绪，熄灭他心中的怒火。他胡乱扒拉着把头伸出水面，抹掉粘在眼睛上的浮萍，一睁眼就看到驳船上的胖女人正站在渐开渐远的船尾上哈哈大笑。他又咳又呛，发誓一定要好好报复她。

他奋力向岸边游去，但身上那件棉裙碍手碍脚地费了他不少力气，最终好不容易摸到岸，使出了吃奶的劲儿爬上那陡峭的河岸。他不得不在岸上歇了一会儿喘口气，然后把湿答答的裙子搭在胳膊上，撒开双腿拼命去追那驳船。他简直气得发疯，眼睛都冒着复仇的火焰。

当他追上驳船时，那船娘还在大笑。“洗衣妇，把你自个儿扔进轧布机里轧一轧，”她喊道，“拿烙铁给你的脸好好熨几个褶子，那样你就是个相貌堂堂的蟾蜍了！”

蟾蜍都不屑于停下来回嘴，虽然他脑子里是有几句话想回敬她，但是他想要的可不是廉价又无足轻重的耍嘴皮子的胜利，他要的是实实在在的报复。接下来要做什么，他心中有数。只见他飞速跑过去抓住了那拖船的马儿，把他颈圈上的缆绳解下来丢在一边，然后轻盈地纵身一跃跨上马背，使劲儿地踢着马肚子让马儿奔跑起来。他策马离开了纤道，直奔广阔的旷野，然后驱马跑进了一条布满车辙的小道。他往后看了一眼，那驳船在水中打了横，漂到了对岸，船娘正发疯似的挥舞着双臂，对他吼着："停下，停下，快停下！""这调调我可听过。"蟾蜍大笑着说道，继续驾着马往前飞奔。

那马儿耐力不够，飞奔了一会儿便慢跑起来，没过多久就悠闲地散起步来，不过蟾蜍已经很满足了，因为他知道，好歹他还是往前再走，那驳船想必是动也动不了了的。蟾蜍的脾气已经消下去了，觉得自己做了件极其聪明的事情。他心满意足地晒着太阳安静地往前走，指挥着马儿在小道上和马道上漫步，只想忘掉自己已经多久没有饱餐一顿了。就这样把水渠远远地甩在了身后。

走了几英里后，炽热的阳光晒得蟾蜍昏昏欲睡，当马儿停下来低头吃草时，蟾蜍一下惊醒过来，险些掉下了马背。他抬头看了看四周，发现自己正在一片宽阔的公地上，满眼望去，地上星星点点布满了荆豆和黑莓。在他不远处，停着一辆破烂的吉卜赛篷车，车子旁有一个男人坐在一只倒扣的水桶上，使劲抽着烟，望着远处发呆。他身旁点着一堆火，火堆上挂着一个铁锅，里面传来咕噜咕噜冒泡的声音，蒸腾出一股让他觉得熟悉的热气。还有那味道——暖暖的、浓郁的、杂七杂八的味道——它们互相融合交织，最终汇成一股无比诱人又堪称完美的香味，就像大自然这位女神在她的孩子们面前显出了真身——一个给孩子们安慰和鼓舞的母亲形象。蟾蜍这才知道原先他根本不知道什么叫真正的饥饿。那天早些时候，他感到的仅仅是阵微不足道的不适感罢了。毫无疑问，现在这才是真正的饥饿，必须得抓紧时间处理了，不然有人或者有东西就要遭殃了。他仔细地打量着那个吉卜赛人，心中举棋不定，不知道跟他到底应该来硬的还是来软的。于是他坐在马背上，不停地用鼻子嗅了又嗅，盯着那吉卜赛人，而那吉卜赛人也坐在那儿，抽着烟盯着他看。

过了一会儿，吉卜赛人从嘴里拿掉烟斗，漫不经心地说道："想把马卖了吗？"

蟾蜍着实吃了一惊。他一直不知道吉卜赛人非常喜欢交易马匹，从来不会错过任何一个这样的机会，他也没想起来大篷车总得有马拖着才能四处走动。他之前可没想过要把马儿换成钱，可一听那吉卜赛人的提议，他非常渴望的两样东西——现钱和一顿丰盛的早餐——一下子变得唾手可得。

"什么？"他说道，"让我卖了这匹漂亮的小马驹？噢，不可能，这是绝对不可能的。要是卖了马，每个星期谁把我客人的衣服送过去？而且，我特别喜欢他，他也和我亲。"

"怎么不试试看去喜欢一匹驴？"吉卜赛人建议道，"有些人喜欢驴。"

"你难道看不出来？"蟾蜍继续说道，"你根本配不上我这匹骏马！他是匹纯种马，一部分是，当然不是你能看到的那部分——是另外一部分。他当年还获得过哈克尼奖呢——那是在你见到他之前了，不过要是你对马匹内行的话，一眼就能看出来。不，要我卖掉这匹马是想都不用想的。不过话说回来，要是你真心想买我这匹漂亮的小马驹，你打算出多少钱？"

吉卜赛人仔细地将马上上下下打量一番，又同样仔细地把蟾蜍上上下下打量了一番，然后又回头看了看马，“一条腿一先令。”他干脆地说完，转身继续抽起烟来，死死地盯着眼前广阔的空间，好像要把它盯得脸红起来为止。

“一条腿一先令？”蟾蜍叫道，“请允许我想一想算一下，看看是多少钱。”

他爬下马背，让马儿自顾自地吃草，自己坐到吉卜赛人边上掰着手指算了起来，最后，他说道：“一条腿一先令？哎呀，那一共才四先令，一个子儿都不多？噢，不行，我这么一匹漂亮小马驹才卖四先令，我才不干。”

“好吧。”吉卜赛人说道，“那这样，我给你五先令，这可比这匹马的实际价值高出三先令六便士呢。看你卖不卖了，我就出这个价。”

蟾蜍坐在那儿眉头紧锁地想了好久。他现在是饿得要命还身无分文，而且还离家很远——他也不知道到底有多远——后面说不定还有追兵。对于处在这种情况下的蟾蜍来说，五先令也算是很可观的一笔钱了。可另一方面，五先令卖掉一匹马，似乎太亏了一点儿。但话又说回来了，这马没花他一分钱，所以他拿到的可都是净利。最后他斩钉截铁地说道：“听着，吉卜赛人！我们这么办吧。这也是我最后的出价。你付给我六先令六便士，现金，外加一顿丰盛的早餐，就是你那只铁锅里煮的香喷喷的东西，要让我吃饱为止，当然就只管这一顿。我呢，就把我这匹活蹦乱跳的小马驹卖给你，外加他身上所有漂亮的马具和套圈也都免费送给你。如果这你都觉得吃亏，那你直说，我要上路了。这附近有个人想买我这马都想了好几年了。”

吉卜赛人大发牢骚，吓人地咕哝着如果自己要是再做几次这样的交易，他就要倾家荡产了。但是最终，他还是从裤口袋深处掏出一个脏兮兮的帆布包，数出六先令六便士放在蟾蜍爪子里。然后钻进篷车里，拿出了一个大铁盘，一副刀叉和勺子。他把铁锅侧转，一股热气腾腾浓郁厚实的炖汤淌进了盘子里，那简直是这世上最美味的炖汤了，由松鸡、野鸡、小鸡、野兔、白兔、雌孔雀、珍珠鸡和其他一两样东西烩制而成。蟾蜍把盘子放在膝盖上，差点儿没哭出来。他一个劲儿地往肚子里塞啊填啊，三番五次地让吉卜赛人再盛一点，而吉卜赛人也挺大方，不停地给他满上盘子。蟾蜍觉得这辈子从没吃过这么美味的早餐。

当蟾蜍吃得实在塞不下的时候，他站起身来和吉卜赛人说了再见，又和马儿依依不舍地告了别。吉卜赛人对河岸这一带很熟悉，给他指了条路后，他便精神抖擞地继续上路了。和一个小时前相比，他可有了翻天覆地的变化。在明媚的阳光照射下，他的湿衣服已经干透了，口袋里又有了钱，离他的家，他的朋友以及安全越来越近，最重要也最棒的是，他吃了一餐热气腾腾营养十足的早餐，整个人觉得力气十足，无忧无虑，对自己充满了自信。

他乐滋滋地迈步向前走，想到那些冒险和逃脱，想到所有事情在最危急的时刻他都能化险为夷顺利逃脱，心中的骄傲和自满又膨胀了起来。“吼吼！”他仰着脑袋，边走边对自己说，“我真是太聪明了！这世界上肯定没有和我一样聪明的动物了！我的敌人把我关进监狱，布下重重哨兵看守，指派狱卒日夜监视，但我还是凭借着自己的能力和勇气从他们的眼皮底下逃脱了。警察乘着火车挥着手枪追赶我，我冲着他们一打响指，哈哈大笑着消失不见了。我运气不好被一个黑心的胖女人扔进水渠里，那又怎样？我游上了岸，夺走了她的马，大摇大摆地骑着她的马走了，还用那马换了一口袋的钱，美美地吃了一顿顶级早餐！吼吼！我就是蟾蜍，英俊潇洒、人见人爱、功成名就的蟾蜍！”他把自己都要捧到天上去了，一边走路一边顺口给自己编了一首赞歌，扯着嗓门大声唱着，不过除了他自己，谁都听不到。这恐怕是动物创作出来的最狂妄自大的一首歌了。

世上英雄千千万，
就如历史书上记载，
但说到名气大，
没人能和蟾蜍比赛。

牛津的那些聪明人儿，
无所不知无所不晓，
但他们学问再大，
也不及蟾蜍的半个聪明脑袋瓜！

方舟里的动物在哭泣，[1]
眼泪如洪水般倾泻而下，
是谁告诉他们“前方就有陆地”？
是鼓舞众生的蟾蜍先生！

军队整齐划一地迈步前进，

---

1 《圣经》故事说，世界曾爆发过一场骇人的洪灾，只有乘上挪亚方舟才能够躲避这场灾难。因此，方舟在西方文明中是避难所的象征。

齐刷刷地敬礼，
是国王吗？还是基钦纳伯爵[1]？
都不是，是蟾蜍先生。

皇后和她的侍女们，
坐在窗边缝缝绣绣，
皇后叫道："瞧！那个英俊的美男子是谁？"
侍女们回答道："是蟾蜍先生。"

这样诸如此类的还有一长串，但是实在狂妄得让人无法写下来，这几段还算是比较客气的。

蟾蜍边唱边走，边走边唱，一分钟比一分钟更自鸣得意。但是他那傲气不久便要受到重创了。

在乡间小道走了几英里后，他来到大道上，顺着那条白色的路面极目远眺，发现有一颗小黑点正慢慢向他靠近，小黑点随即变成了一个大黑点，接着变成了一团，最后变成了一个他十分熟悉的东西，随后一两声警示的鸣笛声愉快地钻进他的耳朵，这声音再熟悉不过了。

"妙哉妙哉！"兴奋的蟾蜍说道，"真正的生活又回来了，我思念已久的美好世界又回来了！我要和这车子上的兄弟们打个招呼，编个故事给他们听，那种战无不胜的故事，他们肯定会载我一程，然后我可以继续给他们讲更多故事，走运的话，说不定最后我还能开着汽车回到蟾蜍庄园呢！那可有獾好脸色看了！"

---

1 霍雷肖·赫伯特·基钦纳：英国陆军元帅、伯爵，英国军界实力派人物。曾任皇家工程兵军官。

他自信满满地走到路中间向汽车挥了挥手，车子不急不慢地开过来，在靠近小道时放慢了速度。就在这时，蟾蜍脸色一下变得煞白，心头猛地一沉，膝盖打战发软，腿一弯瘫倒在地上，身体里五脏六腑搅成一团让他难受得想吐。这个不幸的动物，难怪他会吓成这样，因为开过来的那辆车就是他从红狮旅馆的院子里偷出来的那辆，他所有的霉运都是从那天开始的！而车子里的人也是他当时在餐厅里看到的那一群人！

他像一摊烂泥一样瘫在路上，绝望地喃喃自语道："完了，现在所有都完了！又要被警察带上镣铐！又要蹲监狱！又要啃面包喝白水！噢，我真是个傻瓜！我干吗要大模大样地走在田野里，唱着那些狂妄自大的歌，大白天的在大道上瞎拦车！我应该躲到日落后再出来赶路，从后门悄悄地溜回家才是啊！噢，倒霉的蟾蜍！噢，饱受命运折磨的蟾蜍！"

那辆可怕的汽车慢慢地越开越近，直到最后，他听到它就停在了他跟前。两位绅士跳下车，走过来围着这堆皱皱巴巴哆哆嗦嗦的东西看了看，其中一人说道："噢，天哪！太叫人悲伤了！真是个可怜的老人——看来是个洗衣妇——她晕倒在马路上了！可能是中暑了，真可怜，说不定她今天还什么都没吃呢。我们抬她上车，把她送到最近的村庄吧，那儿想必有她的朋友。"

他们小心地把蟾蜍抬进车，给他垫上柔软的靠垫，然后继续往前开车。

蟾蜍听到他们这么好心肠，意识到自己并没有被认出来，于是他的胆量又回来了，谨慎地先睁开了一只眼睛，接着睁开了另一只。

"看！"其中一个绅士说道，"她已经好多了。呼吸点新鲜空气对她有好处。太太，你现在感觉如何？”

“真谢谢您，先生。”蟾蜍虚弱地说道，“我好多了！”“那就好。”那位绅士说道，“你现在别动，最主要是别说话。”

“好，我不说话。”蟾蜍说道，“我只是在想我能不能到前排坐司机边上，这样新鲜的空气能直接吹在我脸上，我很快就会舒服的。”

“你说的真是在理！”绅士说道，“你当然应该坐前面去。”于是他们小心地扶着蟾蜍坐到副驾驶座上，然后继续上路。

蟾蜍这时候差不多已经恢复了。他直起身子看了看四周，努力压抑着激动的情绪。他对汽车的念想又苏醒了过来，那渴望颤抖着在他心中咆哮，整个儿控制住了他。

“这是命运！”他对自己说道，“何必反抗？何必挣扎？”于是他转向他身边的司机。

“求求你，先生。”他说道，“让我开会儿车吧，就一会儿。我一直在仔细地看你开车，看起来不太难，还挺有意思的。我特想告诉我朋友，我也开过汽车！”

司机听到这建议，不禁大笑起来，引得坐在后面的那位绅士忙追问怎么回事。弄清楚原委后，他说道：“太太，你太棒了！我很欣赏你这股精神劲儿。让她试试吧，你在一旁看着一点，她不会出什么岔子的。”蟾蜍听了喜出望外。

于是，他迫不及待地爬上司机让出来的位置，手抓着方向盘，假装谦恭地听着指示，然后发动了汽车，一开始他开得很认真，速度也很慢，因为他下定决心要谨慎一些。

坐在他身后的绅士们为他鼓掌喝彩，蟾蜍听到他们说，“她开得多好啊！想不到一个洗衣妇开车能开得这么棒，这还是头一回见啊！”

蟾蜍踩着油门加速了一点点，又一点点，然后又加了一点。

绅士们警惕地叫道：“当心啊洗衣婆！”蟾蜍听到这话十分恼火，他开始失去了理智。

司机想要出手制止，但被蟾蜍一手按在了座位上。他一脚将油门踩到了底。那吹在他脸上的疾风，引擎发出的轰鸣声，身子底下汽车的微微颠簸像毒药一样麻醉了他愚钝的脑袋。“什么洗衣婆！”他竟毫无顾忌、没头没脑地喊道，“吼！吼！我是蟾蜍，我就是那个抢车大盗，越狱大侠，那个逢凶化吉的蟾蜍！你们给我坐稳了，我要让你们瞧瞧开车应该是什么样子，你们现在可是在我鼎鼎大名、技艺精湛、天不怕地不怕的蟾蜍手里呢！”

话音刚落，全车人都狂吼着朝蟾蜍扑去。“抓住他！”他们叫道，“抓住蟾蜍，这个偷车贼！把他捆起来，戴上手铐，拖到最近的警察局去！拿下这个亡命之徒蟾蜍！”

天哪！他们本应该想起来的，本应该更加谨慎一些，在出手之前应该先把车停下来。蟾蜍把方向盘猛地一转，只听“嘭”的一声巨响，车子冲过了路旁低矮的树篱，猛地一震，陷进了一个饮马池里，四个轮子搅得泥浆飞溅。

蟾蜍发现自己随着一股向上冲起的力量窜到空中，像燕子一样在空中划了一道优美的弧线。他很喜欢这动作，心里正想着自己会不会一直这样飞下去，直到背上长出翅膀来变身成一只蟾蜍鸟时，只听“啪”的一声，他后背着地，落在了柔软茂密的草地上。他一坐起来，便看到饮马池里的汽车几乎整个都要沉下去了，而那绅士和司机罩着长外套，在水中无力地挣扎着。

蟾蜍迅速地站起身来，没命地朝田野跑去，慌乱地钻过树篱，跃过水沟，奔过田地，直到最后逃得上气不接下气地实在累到不行，才慢下脚步走了起来。等他有点缓过气来，能冷静地思考的时候，他开始“咯咯”地笑了起来，然后大笑开来，笑得前仰后合，最后不得不在一丛树篱旁坐了下来。“吼！吼！”他陶醉在自恋的情绪中不能自拔，大叫道，“又是蟾蜍！蟾蜍再一次大获全胜！是谁，哄着他们给他搭上了顺风车？是谁，让他为了呼吸新鲜空气争取坐到了前排？是谁，说服他们让他试试开开车？是谁，把他们一股脑儿开进了饮马池里？是谁，毫发无伤地飞过空中得以逃脱，把那心胸狭隘、小气吝啬、胆小懦弱的游客丢在他们该待的泥池子里？哎呀，当然是蟾蜍啦。聪明的蟾蜍，伟大的蟾蜍，棒棒的蟾蜍！”

接着他忍不住扯开嗓门又唱了起来：

汽车噗噗地开过来，
疾驰在大道上，
是谁驱车开进泥塘？
足智多谋的蟾蜍先生！

“噢，我真是太聪明了！好聪明，好聪明，好聪明……”

这时，身后远处传来一阵轻轻的嘈杂声，他扭头一看。噢，吓死人了！噢，要命啊！噢，逃不了了！

隔着两爿田的距离，一个穿着皮质绑腿的司机和两个人高马大的乡村警察正飞快地往蟾蜍这个方向跑来。

可怜的蟾蜍又一次撒腿跑了起来，他的心都跳到嗓子眼。“噢，我的天！”他喘着气边跑边说，“我真是个蠢蛋！一个自以为是粗心大意的蠢蛋！又吹牛皮！又在那儿大叫大唱！又一动不动地坐着大吹特吹！噢，我的天！噢，我的天！

噢，我的天！”

他回头瞥了一眼，眼看他们就要追上来了。他拼命狂奔，不停地往后看，追赶的人越追越近。他已经使出了全力，但无奈自己又胖腿又短，实在跑不过他们。现在，他们已经追到脚后跟上来了。蟾蜍顾不得辨认方向，只管发疯似的往前冲着，回头看他的敌人正得意扬扬地抿着嘴笑。突然，他脚下一空，双手在空中乱抓一气，然后“哗啦”一声，他倒栽葱扎进了深不见底的水中，湍急的水流一下子就把他冲走了，怎么挣扎都没有用。他这才反应过来，刚才他慌不择路，径直朝河流奔了过来！

他扒拉着浮出水面，想要抓住从岸边垂下来的芦苇和灯芯草，但是水流实在湍急，抓都抓不紧。“噢，我的天！”可怜的蟾蜍喘着气叫道，“我再也不敢偷车了！我再也不唱狂妄自大的歌了！”说完又没进了水中，一会儿又扑腾着浮了起来。这时，他发现自己正被推着往河堤上的一个大黑洞漂去，就在他头顶上方。于是当水流把他推到那里时，他顺势伸出一只爪子抓住了洞穴的边缘，然后慢慢地，他吃力地把自己撑着拖出水面，两个手肘搭在洞穴边上，呼哧呼哧地喘着粗气，待了几分钟，他实在是累坏了。

当他一边对着洞穴喘气叹息，一边朝里面张望时，只见里面深处有个小小的东西明亮地闪烁着朝他过来。当那光亮凑到他面前时，一张脸逐渐地出现在它周围，一张多么熟悉的脸！

一张棕色的小脸，顶着几根胡须。

一张严肃的圆脸。精巧玲珑的耳朵和浓密丝滑的毛发。

是河鼠！

第十一章
“他的眼泪如夏雨倾盆”

河鼠伸出一只干净的棕色小爪紧紧抓住蟾蜍的后脖颈，使劲一提把他拽起来，于是被水浸透的蟾蜍缓慢稳当地爬上了洞穴边缘，最终安然无恙地站在了门厅里，当然他身上满是泥泞和野草，还不停地淌着水。但是心情像以往一样高兴得不能自持，因为他知道到了朋友家里他就再也不用东躲西藏担惊受怕了，那一身寒碜的伪装也可以扔掉了，终于不用绞尽脑汁地去佯装另一个身份了。

“噢，河鼠兄弟！”他叫道，“自从上次和你见完面，我过得那日子，真是，你简直没法想象！那些审判，那些煎熬，我都从容不迫地挺了过来！接着我又越狱、乔装打扮、略施计谋，这可都是我聪明的脑袋瓜想出来的，最后无一例外地都成功了呢！我被扔进了水渠——可我游上了岸！我偷了一匹马——卖了好多钱！我骗过了所有人——让他们对我言听计从！噢，我真是个聪明的蟾蜍，一点儿没错！你知道我最近一次冒险是什么吗？先别动，听我慢慢和你说……”

“蟾蜍，”河鼠严肃又坚定地说道，“你立刻去楼上把身上这旧棉布破衣服给换掉，这衣服看上去像是什么洗衣妇穿的。然后好好把你自己洗一洗，换上我的衣服，试着像个绅士一样下楼来。我这辈子还没见过比你现在这身更寒碜、邋遢、丢人现眼的行头了！好了，别显摆，别和我争了，现在就去！我等下有话和你说！”

蟾蜍本想停下和他顶两句嘴，他在监狱里的时候就老被呼来喝去，看来现在又来了，还是被一只河鼠支使！但是，当他看到帽架上镜子里自己的尊容，头上那顶破旧的黑色软帽滑稽地扣在自己的一只眼睛上时，他立刻改变了主意，二话不说，乖乖地上楼走进河鼠的衣帽间。他彻彻底底地洗了个澡，换了身衣服，在镜子前站了许久，满心骄傲和愉悦地欣赏着自己，心想那些人居然把他错看成洗衣妇，真是愚蠢极了。

当他下楼时，中饭已经摆在了桌子上，蟾蜍高兴地不得了，因为自从吃过那顿吉卜赛人的丰盛早餐后，他经历了不少磨难费了不少力气，肚子早就空空的了。在吃饭的时候，蟾蜍向河鼠讲述了他所有的冒险，重点放在描述他自己如何聪明机智，在紧急时刻临危不惧，在困境当中足智多谋。而且他还强调自己所经历的这一切是多么轻松快乐又丰富多彩。但是他越是口若悬河地讲个不停，河鼠就越严肃，一言不发。

蟾蜍说着说着终于停了下来。沉默了片刻后，河鼠说道：“好了，蟾蜍兄弟，看你经历了这么多，我不想再给你平添痛苦。但是说真的，你没发现自己有多自作自受吗？你自己也承认的，你被铐上手铐，锒铛入狱，挨饿受冻，被人追捕，吓得屁滚尿流的，蒙受侮辱戏弄不说，还被人可耻地扔进河里——还是被一个女人！这是哪门子的乐趣？有什么好玩的？归根到底，都是因为你硬要偷一辆汽车。你自己也清楚，自打你第一眼看到汽车后，除了惹了一屁股麻烦，什么好处都没有得到。要是你非要玩汽车——你向来就是这样，只要玩上5分钟你就上瘾——干吗去偷呢？你要觉得残废了很刺激，那你就变残废好了；你要是铁了心地要尝尝身无分文的滋味，那就去破产好了。但是你为什么偏偏要犯罪呢？你到什么时候才能理智一点儿，为你的朋友着想，为他们争口气？我出门在外，听到有动物在背后说我就是和惯犯交朋友的那种动物，你觉得我心里好受吗？”

蟾蜍的性格中有一点儿是令人欣慰的，那就是他心地非常善良，从不介意被真正的朋友唠叨几句。即使他对一件事情迷恋至深，也总能看到问题的另一面。当河鼠在一旁如此严肃地说着话时，他还在小声嘟囔着：“但是这就是好玩！好玩极了！”并且压低嗓门，发出类似啼啼啼、噗噗噗的噪音，还有类似沉闷的鼻息声，或开汽水瓶的声音。不过，当河鼠说完的时候，他长长地叹了口气，温和又谦恭地说道：“河鼠兄弟，你真是说得太对了！你总是这么有道理！是的，我一直就是个狂妄自大的蠢蛋，这点我算是明白了。但是我现在要变成一个好蟾蜍了，再也不会做那样的事情。至于汽车，自从我掉进你的那条河里以后，我已经不怎么对它感兴趣了。其实，刚刚我趴在你洞穴边上喘气时，我突然想到一个主意——一个超棒的主意——和汽船有关……好啦，好啦！别变脸，老伙计，别跺脚嘛，小心碰翻了东西；这只是个想法，我们现在不聊这个，还是喝点咖啡吧，来抽支烟，安安静静聊会儿天，然后我回我的蟾蜍庄园去，换上自己的衣服，所有一切都会重新走上正轨了。我冒险也冒够了，该安安稳稳悠悠闲闲地好好过日子了，没事的时候就去庄园四周转转，打理打理家产，拾饬拾饬小花小草什么的。朋友要是来串门，肯定少不了酒水饭菜好好招待他们。我还要备辆小马车，乘着它去外面四处转转，就像以前美好的旧时光一样。等歇够了，我再大显身手去做些什么。”

“回你的蟾蜍庄园？”河鼠激动地大叫道，“瞎扯什么呀？你不会什么都还没听说吧？”

“听说什么了？”蟾蜍说道，脸色煞白，“快说，河鼠兄弟！快说！别怕我受不了！我还没听说什么？”

“你是说，”河鼠用他的小拳头捶着桌子，大声叫道，“你还没听说白鼬和黄鼠狼干的好事？”

“什么？原始森林的动物？”蟾蜍叫道，双手双脚都颤抖起来，“没，我什么都没听说呀！他们都干了什么？”

“没听说他们干了好多坏事，还霸占了蟾蜍庄园？”河鼠继续说道。

蟾蜍把手肘撑在桌子上，双爪托着下巴，眼泪一下子充盈了双眼，大滴大滴地涌出来“啪嗒啪嗒”落在了桌子上。

“河鼠兄弟，你继续说。”过了一会儿，他喃喃说道，“把所有都告诉我。最糟糕的时刻已经过去了。我缓过劲儿来了，我能承受得住。”

“当你……麻烦……麻烦缠身……的时候，”河鼠谨慎挑着适合的说辞，缓慢地说道，“我是说，当你因为那辆……汽车……引起的纠纷……从大家的视野里暂时……消失的时候，你知道……”

蟾蜍只是点了点头。

“这里自然炸开了锅一样。”河鼠继续说道，“不仅仅是河堤上，甚至是原始森林里也是。动物们照例分成了两派。河岸边的动物站在你这边，说你受到了不公正的对待，说现在这片土地上已经没什么正义可言了。但是原始森林动物说了很多难听的话，觉得你罪有应得，说是到了治治你的时候了。他们非常嚣张，四下里到处散播说你这次是玩完了！你再也不会回来了，永远永远回不来了！”

蟾蜍又点了点头，一言不发。

“那帮小禽兽一贯如此。”河鼠继续说道，“鼹鼠和獾一直坚持着不动摇，不辞劳苦地为你四处奔波，告诉大家无论怎么样你迟早都会回来的。他们也不知道到底要多久，但相信你一定会回来！”

蟾蜍开始直起了身子，得意地笑了笑。

“他们根据以往的历史案例来论证，”河鼠继续说，“他们说，就你顶撞警察的那些事，根本没有刑法能给你定罪，再加上你又有财力，你回来是早晚的事。于是他们把东西都搬进了蟾蜍庄园，睡在那里，每天给房子通风换气，把一切都准备妥当，就等你回来。虽然他们对原始森林的动物们心存芥蒂，但也没料想到之后会发生那样的事情。我要讲到最痛苦悲惨的部分了。一个月黑风高的晚上——黑得伸手不见五指，狂风大作，下着倾盆大雨——一路全副武装的黄鼠狼悄悄地从马车道上爬到了前门。同时，一大群穷凶极恶的雪貂从菜园子那头偷袭上来，占领了后院和房间，一帮打打闹闹肆无忌惮的白鼬占据了温室和台球房，把守了朝向草坪的法式窗户。”

“而鼹鼠和獾当时正坐在吸烟室的火炉旁谈天说地，没起一点儿疑心。因为那样一个天气恶劣的晚上，动物们一般都不会轻易出门。那些残忍的暴徒破门而入，把他俩团团围住，他们奋力抵抗，但是有什么用呢？这两只手无寸铁的动物怎么敌得过几百号动物的偷袭？恶棍们抓住他俩狠狠地打了一顿，然后把这两个可怜又忠心耿耿的动物扔到了凄风苦雨的屋外，还说了许多不堪入耳的污言秽语！”

听到这儿，没心没肺的蟾蜍居然吃吃地笑了出来，但立马又板起脸装出一副非常严肃的样子。

“从那以后，那些原始森林的动物在那儿住了下来。”河鼠继续说道，“再也没挪过窝！他们在床上躺到中午才起，什么时候醒就什么时候吃早饭，听说那地方简直乱得不成样子，简直看不得！他们吃你的，喝你的，讲着你的坏笑话，唱着粗俗的歌曲，是关于……额，什么监狱啦、法官啦、警察啦，都是些无聊透顶的骂人话，一点儿也不幽默。而且，他们还对所有的店主和碰到的人扬言他们会一直在那里住下去。”

“噢，是吗？”蟾蜍腾地跳起来，抓上一根棍子嚷道，“我倒要看看他们会不会！”

“没用的蟾蜍！”河鼠冲着他后背叫道，“你给我回来坐下，过去只会惹麻烦的。”

但是蟾蜍早已走出了门，谁都拦不住他。他顺着大路快步走去，把一根木棍扛在肩上，骂骂咧咧地嘴里一个劲儿咕哝着，径直来到了蟾蜍庄园的大门前，突然从木栅后面钻出一个拿着枪的黄色雪貂。

“来者何人？”雪貂警惕地问道。

“还跟我废话！”蟾蜍怒气冲冲地说道，“你敢用这种口气和我说话？快给我滚开，不然我……”

雪貂二话不说，把枪扛上肩头，蟾蜍一见事情不妙，急忙卧倒趴在地上，只听嘭的一声，一颗子弹从他头顶呼啸而过。

惊慌失措的蟾蜍爬起身，撒开腿沿着来时的路逃跑了，听到背后传来雪貂的大笑声，还有另一个可怕的尖笑声。

他垂头丧气地回去，告诉河鼠发生了的一切。

“我就说嘛。”河鼠说，“没用的，他们有哨兵站岗，全部都是全副武装。你必须要等待时机。”

但是蟾蜍还是不甘心就此罢休，于是拖出船来，往河流上游划去。蟾蜍庄园的花园就延伸到水边。

划到能够看到老房子的地方时，他伏在桨上仔细地观察了下岸上的动静。一切都静悄悄的，半个人影都看不到。蟾蜍庄园的整个正面在晚霞的余晖下闪着光芒，笔直的屋檐上三三两两地栖息着几个鸽子，花园里盛开着鲜艳的花朵，那通向船房的小溪上横跨着一座小木桥。所有这一切都显得寂静无声，杳无人迹，似乎是在等着他的归来。他想先去船房打探打探，于是小心翼翼地划到小溪口，刚要从桥底下划过时，轰隆一声！

一块巨大的石头从天而降砸穿了船底，船灌满了水沉了下去。蟾蜍掉进水中拼命挣扎。他一抬头，只见两只白鼬倚在小桥的栏杆上探出身来，幸灾乐祸地看着他。“下一次砸的就是你脑袋了，蟾蜍！”他们朝他嚷嚷着。义愤填膺的蟾蜍扒拉着往岸边游去，而那两只白鼬放声大笑，笑得抱成一团，乐得差点儿晕倒了两次——当然是一个白鼬一次。

蟾蜍拖着沉重的步伐回到了河鼠家，把他第二次的失败经历讲给了河鼠听。

“你看，我说什么来着？”河鼠生气地说道，“好了，你看！看看你做了些什么！把我心爱的船给砸坏了，这就是你做的好事！还把我借你的这身衣服也给毁了！真的，蟾蜍，你的所作所为实在太让人讨厌了——真奇怪谁还想和你做朋友！”

蟾蜍立即意识到自己的行为是多么错误且愚蠢。他承认了自己的糊涂过失和刚愎自用，为沉了河鼠的船，糟蹋了他的衣服真诚地道了歉。他那坦率的自我批评总是让朋友不忍心再对他严加指责，最后两人总能和好如初。“河鼠兄弟！我知道了，我以前是固执又任性！相信我，从今往后，我会变得谦卑谨慎些，只有听过你的建议，我才会有所行动！”

“如果真是这样的话，”脾气温和的河鼠早已和缓了态度，说道，“我给你的建议是，现在天色已晚，你就留下来吃晚饭吧，饭菜马上就上桌了。你要耐心一点儿，因为我知道在见到鼹鼠和獾之前，我们什么都做不了。等会儿见到他们，听听他们打听到的最新情况，我们再好好商量一下，看看他们对这件棘手的事情有什么想法。”

“噢，啊，是的，当然啦，鼹鼠和獾。”蟾蜍轻快地说道，“这两位亲爱的伙伴怎么样了？我都把他们俩忘了！”

“亏你还记得问！”河鼠责备地说道，“当你在乡下开着豪华汽车满世界兜风，驾着骏马意气风发地驰骋，大快朵颐地吃着丰盛的营养早餐的时候，这两个可怜的动物一心为你，不管刮风下雨都露营在屋外，过得别提有多艰难了。他们守着你的房子，巡逻着你的地界，随时随地监视着白鼬和黄鼠狼，谋划着如何设法替你夺回家产。蟾蜍，你不配有这么忠诚真心的朋友，你真的不配。总有一天，你会后悔当初没有好好地珍惜他们，真到那时候，可就晚了！”

“我知道我是个忘恩负义的禽兽。”蟾蜍流下了苦涩的泪水，抽泣着说道，“我这就去找他们，到寒冷黑暗的夜里去和他们共患难，我要证明……等一下！没错，我刚听到托盘上刀叉的叮当声了！晚饭终于来了，好棒啊！来来，河鼠兄弟！”

河鼠想到可怜的蟾蜍在监狱里待了不少日子，吃得肯定不怎么样，于是做了一顿可口的饭菜给他补一补。他跟着蟾蜍坐到桌子旁，热情地叫他多吃一点儿，好补上前些日子的亏待。

当他们刚吃完饭，坐回到扶手椅上时，门口传来一阵重重的敲门声。

蟾蜍立即紧张起来，但河鼠神秘地对他点了点头，径直走过去开了门，只见獾先生走了进来。

獾一副几个晚上没在家里睡觉、没有享受过家中一点舒适和便利的模样。鞋子上沾满了泥土，衣着不整，毛发蓬乱，邋遢得不行。不过他即使在最体面的时候，打扮得也不怎么样。他严肃地走到蟾蜍跟前，和他握了握手，说道："欢迎回家，蟾蜍！天哪！我说什么呢？家，真是的，还说什么家！这次回家真是糟心了，可怜的蟾蜍！"然后他转身坐到桌子旁，把椅子拖近一点，拿起一块冷馅饼吃了起来。

蟾蜍被这异常严肃的问候吓到了，不知到底是什么情况，是福还是祸。还好河鼠轻声对他说："别介意，别往心里去，现在什么也不用对他说。他肚子空空的时候总是这样意志消沉情绪低落。过个半小时，他就会大变样啦。"

于是他们安静地等待着。过了一会儿，又传来一阵敲门声，这次温柔多了。河鼠对蟾蜍点了下头，过去应了门，然后鼹鼠走了进来，他也是衣衫褴褛，好几天没洗澡的样子，毛发上还插着几根干草和稻草。

"太棒了！蟾蜍老兄回来了！"鼹鼠叫道，整个脸都笑开了花，"终于把你盼回来了！"他手舞足蹈地围着蟾蜍转起圈来，"我们做梦也没想到你这么快就回来了！哎呀，你肯定是想办法逃出来了，你这聪明机智又有才的蟾蜍！"

河鼠听到鼹鼠这么一说，吓得连忙拽了拽他的胳膊想要阻止他，但是太晚了。蟾蜍的自信心又膨胀了起来。

“聪明？噢，没有啦！”他说道，“我朋友没觉得我有多聪明。我只是逃出了英国最森严的监狱，如此而已！只不过搭上一辆火车，又从车上逃之夭夭，如此而已！只不过把自己伪装起来在乡间转悠欺骗了所有人，如此而已！噢，不！我是个愚蠢的蠢蛋，我就是！鼹鼠，我来给你讲讲我的几次历险，然后你自己来判断我是不是！”

“好，好。”鼹鼠边说边朝晚饭桌子走去，“那我边吃饭边听你说怎么样？我今天除了早饭，还颗粒未进呢！噢，我的天！噢，我的天！”然后他坐下来，大口大口吃起了冷牛肉和腌黄瓜。

蟾蜍叉开腿站在火炉前的地毯上，把爪子伸进裤子口袋里掏出一把银币。“瞧瞧这个！”他叫道，炫耀着手中的银币，“几分钟就赚了这样一把，不错吧？鼹鼠，你知道我是怎么赚到的吗？我卖了一匹马！就是这样！”

“继续说，蟾蜍。”鼹鼠很感兴趣地说道。

“蟾蜍，求你安静地待一会儿吧！”河鼠说道，“鼹鼠，你别再怂恿他了，你知道他那脾气。现在蟾蜍终于回来了，你们赶快说说现在情况如何，当务之急是什么。”

“现在情况糟糕透顶。”鼹鼠气呼呼地回答道，“至于当务之急是什么，哎呀，我要是知道就好了！獾和我没日没夜地在那地方转来转去，看到的都是一样的场景，每个位置都布有哨兵，他们用枪指着我们，拿石头扔我们。瞭望台上总会有一个动物把风，一看到我们，我的天！他们笑得呀！这最让我生气了！”

“形势的确不容乐观，”河鼠仔细地思考着说道，“但是我仔细一想，已经明白蟾蜍应该做什么了。我告诉你们，他应该……”

“不，他不能这么做！”鼹鼠满嘴食物地喊道，“绝对不能做这样的事情！你不明白，他应该……”

“哼，我什么都不会做的！”蟾蜍激动地叫道，“我才不会听你们使唤呢！现在说的可是我的家，该做什么我自己清楚得很，我要……”

他们三个同时扯着嗓门争论起来，吵闹声震耳欲聋。就在这时，一个低沉又沙哑的声音说道：“你们给我安静点！”整个屋子顿时鸦雀无声。

是獾开的口。他刚吃完馅饼，在椅子上转过身来严厉地看着他们。看到所有人都把注意力转向他等他发话时，他又转回身去拿了一块芝士。这个稳重可靠的动物在他朋友们眼里甚是德高望重，所有人都乖乖地闭上了嘴。直到他慢慢享用完晚餐，掸掉膝盖上的碎屑，谁都没再说一句话。蟾蜍焦虑得不行，不停地动来动去，但是河鼠牢牢地把他按在了座位上。

獾吃完后，起身走到火炉前，沉思良久后终于开口了。

“蟾蜍！”他严厉地说道，“你个品行恶劣惹是生非的小动物！你害不害臊？你想想，要是你的父亲我的老朋友今天晚上在这里，知道你做的这一切，他会怎么说？”

蟾蜍正跷着腿坐在了沙发上，听到这话，他捂住脸惭愧地抽泣起来。

“好了好了！”獾继续说道，语气更温和了些，“没关系，别哭了。过去的就让它过去吧，我们要往前看。但是鼹鼠说的没错。每个地方都有白鼬站岗，他们可是世界上最好的哨兵。想要正面进攻那是痴人说梦。比实力我们和他们相差了十万八千里啊。”

“这么说，一切都完蛋了？”蟾蜍把头埋进沙发靠垫里，哽咽道，“我要去应征入伍，永不复见我亲爱的蟾蜍庄园！”

“好啦，振作起来，蟾蜍兄弟！”獾说道，“要夺回一个地方，除了腥风血雨的大举进攻，还有其他路子。我还没说完呢。好了，我要告诉你一个天大的秘密。”

蟾蜍慢慢坐起身来，擦干了眼泪。秘密对他总有一股巨大的吸引力，因为他从来不能保守秘密，每当他忠诚地发誓不泄露秘密之后，转身便会把这个秘密告诉其他人，这种亵渎誓言的刺激感最是让他着迷。

“那里……有一条……地下……通道，”獾一字一顿地说道，“一头在河堤上，离这儿不远，直接通到蟾蜍庄园的中心位置。”

“别瞎说了！獾，”蟾蜍漫不经心地说道，“你是在附近小酒吧里听到的随口瞎编的谣言吧。我对蟾蜍庄园了如指掌，里里外外没有我不知道的地方。我敢向你保证，没有这样的通道！”

“我年轻的朋友，”獾一脸严肃地说道，“你的父亲，是一个值得交往的动物——比我知道的一些动物好得多——他和我是至交，曾经告诉我很多事情，但他不愿让你知道。他发现了那条通道——当然不是他自己挖的；那是他在入住之前几百年就有了的——他把通道修缮清理了一下，因为他想如果哪天有困难或危险，说不定会派得上用场。他带我去看过。“不要告诉我儿子。”他说，“他是个好孩子，但是他浮躁又多变，管不住嘴。要是他日后遇上了大麻烦，不得不用这通道的时候，你再告诉他。但事先千万不能说。”

其他两个动物仔细地盯着蟾蜍，看他会有什么反应。蟾蜍起先想发脾气的，但随即又笑逐颜开了，他一向都是这么好的脾气。

“好吧，好吧。”他说道，“我可能嘴巴是有点大。我交友甚广——朋友都围着我转——我们开开玩笑，说说俏皮话，讲讲幽默故事……然后不知怎么的，我就管不住自己的嘴巴了。我天生就爱和人打交道。有人告诉我我应该去主持个沙龙，随便什么主题都行。算了，先不说这个了，獾，你继续说。这条通道能派上什么用场？”

“最近我打听到一两件事情。”獾继续说道，“我让水獭假装成扫地的，扛一把扫帚去后门看看，装作是去找工作的。他打听到明晚蟾蜍庄园有一场盛大的晚宴，是谁的生日——我猜是那个黄鼠狼头头——所有的黄鼠狼都会聚在宴会厅里吃喝玩乐闹腾上一阵。他们应该不会随身带枪拿剑的，什么武器都没有！”

“但是，哨兵照常在那里呀。”河鼠说道。

“正是。”獾说道，“这就是我要说的。黄鼠狼肯定百分之百信任他们优秀的哨兵。所以，地道这时候就派上用场了。它能直接通到宴会厅隔壁的餐具室里！”

“啊哈！餐具室里那块总是咯吱作响的地板！”蟾蜍说道，“这下我明白了！”

“我们可以悄悄地从餐具室里爬出来……”鼹鼠叫道。

“拿着我们的手枪、利剑和木棍……”河鼠喊道。

“冲向他们，逮他们个措手不及。”獾说道。

“然后狠狠地打他们，狠狠地打，狠狠地打！”蟾蜍狂喜地叫道，在屋子里跑上跑下，在椅子上跳来跳去。

“很好，那么，”獾又恢复了他平时冷静沉稳的样子，说道，

“计划就这么定了，也没什么要争论的了。现在不早了，你们快回屋睡觉吧。明天早上我们再做详细部署。”

蟾蜍自然乖乖地和他们一起睡觉去了——他知道反对也是徒劳——尽管他内心激动得一丝睡意也没有。但是，这一天对他来说很是漫长，一天之内发生了那么多事情。而且，自从在四面漏风的牢房石板上睡过薄薄的稻草窝后，床单和毛毯对他而言是那么温柔舒服。所以，他脑袋一沾到枕头，便幸福地打起了呼噜。不用说，他梦到了好多东西，他梦到他刚想要道路的时候，道路跑得远远的；梦到水渠追着他，最后抓住了他；梦到正当他大摆宴席的时候，一艘驳船冲进了宴会厅，上面载满了他堆了一周要洗的衣服；梦到他孤身一人走在秘密通道里，往前摸索着，但是那通道不停地七扭八扭摇来摆去，最后索性竖直着坐了起来，不过最后还好，他平安胜利地回到了蟾蜍庄园，所有的朋友聚在他身边褒奖着他，真诚地夸赞他是个聪明的蟾蜍。

第二天早上，蟾蜍睡晚了，等他走下楼的时候，发现其他动物早已经吃完了早餐。鼹鼠偷偷地溜出去了，谁都不知道他去了哪里。獾坐在扶手椅里读着报纸，一点儿都不关心那天晚上即将发生的事情。而河鼠在房间里手忙脚乱地跑来跑去，怀里抱着各种各样的武器，把它们在地上分成四堆，边跑边兴奋地轻声念念有词：“这把剑给河鼠，这把剑给鼹鼠，这把剑给蟾蜍，这把剑给獾！这把手枪给河鼠，这把手枪给鼹鼠，这把手枪给蟾蜍，这把手枪给獾！”他就这样一字一句像打着节拍一样念叨着，四堆武器慢慢地越堆越高。

“河鼠，干得不错。”不一会儿，獾把眼睛从报纸上挪开了一下，望着那个忙碌的小动物，“我不是在责怪你。但是我们只要绕过那些可恶的荷枪实弹的白鼬，我保证咱们用不上这些刀啊剑啊手枪啊之类的。我们四个一人抄一根木棍，哎呀，一旦进了宴会厅，只需要5分钟我们就能把所有动物都打趴下。其实我一个人就足够了，不过我不想让你们错过这么个好玩的事情！”

“保险点儿总没错。”河鼠一边回应着，一边用袖子擦拭着手枪枪膛，顺着枪管仔细检查。

蟾蜍吃完早饭，拿起一根结实的木棍使劲挥舞起来，痛打着想象中的敌人，“我叫他们偷我的房子！”他叫道，“我要让他们好好学学，让他们好好学学！”

“不要说‘让他们学学’，蟾蜍。”河鼠一脸震惊地说道，“这话可不好。”

“你怎么总是挑蟾蜍的刺？”獾暴躁地问道，“他这话怎么了？我也会这么说，要是我认为这话没问题，你也该认为没问题！”

“对不起。”河鼠谦逊地说道，“我只是觉得应该是‘教训他们’，而不是‘让他们学学’”。

“可我们不是想教训他们。”獾回答说，“我们就是要让他们学学，让他们学学！而且，我们就要这么去做！”

“噢，好吧，随你怎么说吧。”河鼠说道，他自己都被搞得稀里糊涂的，缩到一个角落里，嘴里反复嘟囔着“好好学学，教训他们，好好学学，教训他们，好好学学”，最后獾没好气地叫他闭嘴别说话。

过了一会儿，鼹鼠翻着后空翻进了屋，一脸得意的样子。“玩得真痛快！”他张口就说，“我把那些白鼬吓住了！”

“鼹鼠，你没有鲁莽行事吧？”河鼠担心地说道。

“希望没有。”鼹鼠自信满满地说道，“早上我去厨房帮蟾蜍看看他早饭有没有热着的时候，瞥见了他昨天回来穿着的那身洗衣妇的衣服挂在火炉前的毛巾架上。我灵机一动，突然有了个主意。我穿上那件衣服，带上软帽，围上围巾，大摇大摆地走去了蟾蜍庄园。自然那里有哨兵扛着枪站岗，他们吆喝着：‘你是谁？’还有一堆他们的废话。我非常恭敬地说道：‘早上好，先生们！今天有要洗的衣服吗？’”

“他们都不正眼看我，傲慢地说：‘洗衣妇，快起开！我们在执勤，没有衣服要洗。’‘那你们不执勤的时候呢？’我说道，吼吼吼！蟾蜍，你看我多逗？”

“你这个可怜又无聊的动物！”蟾蜍一脸不屑地说道，其实他心里嫉妒得要命，这正是他想干的事情，可惜他事先没想到这主意，而且还睡过了头。

“有些白鼬脸都憋红了。”鼹鼠继续说道，“然后当班的警官甩给我一句话说：‘老婆子，滚开，快滚开！不许和我执勤的哨兵聊天。’‘滚开？’我说，‘只怕过不了多久，该滚的就不是我喽！’”

“噢，鼹鼠，你怎么能这样？”河鼠担心地说道。

獾放下了手中的报纸。

“我看到他们个个竖起耳朵面面相觑。”鼹鼠继续说道，“那个警官对他们说：‘别搭理她。她都不知道自己在胡说什么。’”

“‘噢，我不知道？’我说道，‘那让我来告诉你。我女儿是给獾先生洗衣服的，你觉得我到底是知道还是不知道。过不了多久你们自己就会见分晓了！就在今天晚上，一百个凶神恶煞的獾会扛着步枪从围场那儿进攻蟾蜍庄园，满满六船的老鼠会带着手枪和弯刀沿河而上，在花园登陆，还有一队蟾蜍中精兵强将组成的敢死队，就是那个著名的不成功便成仁的不死蟾蜍战队，会强势攻击果园，呐喊着报仇雪恨的口号，摧毁阻挡在他们面前的一切。等他们把你们通通干掉，恐怕能洗的东西也不多了，除非趁着现在还有机会，赶快撤了。’说完我就跑开了，等到他们看不到我的时候，我躲起来又沿着水沟爬了回去，隔着树篱看他们是什么反应。只见他们紧张慌乱得要命，所有白鼬都四处溃逃，东躲西窜，摔跤的摔跤，绊倒的绊倒，人人都在发号施令，可没一个听从指挥。那个警官不停地把一队队白鼬派到远处的地界，又立马派出另一队把他们叫回来。我听到他们互相埋怨着‘黄鼠狼就是这副臭德行。他们舒舒服服地坐在宴会厅里大吃大喝，唱歌跳舞，寻欢作乐，而我们却要在又黑又冷的屋外为他们站岗放哨，最后还要被一群残暴的獾撕得粉碎’。”

“噢，你怎么这么笨啊鼹鼠！”蟾蜍叫道，“你把一切都毁了！”

“鼹鼠，”獾用他那沙哑低沉的声音说道，“你用一个小指头思考都比某些动物用一整个肥嘟嘟的身体思考要来得强。你做得非常好，我对你寄予厚望。干得漂亮！你太聪明了！”

蟾蜍嫉妒得都要发疯了，因为他心中明白自己这辈子也做不出鼹鼠这般聪明的举动。不过幸好，在他还没来得及发脾气，对獾刚才的讽刺大加回击之前，午饭铃响了。

午饭简单却很填肚子——培根蚕豆和通心粉布丁。吃得差不多的时候，獾坐到一把扶手椅上说道：“现在我们已经把晚上的任务都部署清楚了，办完事情应该会很晚。所以现在趁还能休息，我先打个儿盹。”说完，他拿出一张手帕盖住脸，不一会儿便打起了呼噜。

焦虑又勤劳的河鼠又开始准备起那些装备来，在那四堆东西之间跑来跑去，咕哝着“这根皮带给河鼠，这根皮带给鼹鼠，这根皮带给蟾蜍，这根皮带给獾”等等，他没完没了地分发着每一种他拥有的装配，好像永远分不完一样。而鼹鼠挽起蟾蜍的胳膊走到屋外，把他推进一把藤椅里，要他把历险从头到尾给讲上一遍，这可是蟾蜍求之不得的。鼹鼠是个再好不过的听众，不会打断别人，而且也不做不友好的评论，于是蟾蜍滔滔不绝地讲起他的故事来。不过，他所说的大多数故事其实都是马后炮，应该归入“要是我在10分钟之前及时想到这个的话事情就应该是这样的”这一类目录下。在他看来，那可是最精彩最刺激的冒险。只要差不多的事情确实发生过，谁能说这不是真实的经历呢？

第十二章　荣归故里

天色渐暗，河鼠一脸兴奋又神秘地把他们叫到客厅里，让他们各自站在属于自己的一堆武器前，为即将开始的征程穿戴好装备。他对这件事非常仔细，一件不落，可花了不少时间。首先，每个动物腰上都要系上一根皮带，一侧插一把剑，另一侧插一把弯刀以求平衡；再每人配一把手枪和一根警棍，几副手铐，几卷绷带和胶带，一个酒瓶和一个三明治餐盒。獾心情愉快地大笑着说道："行啊河鼠兄弟！既然你开心，而且这些也不妨碍我，那就无所谓了。其实对我而言，这根木棍便足矣。"但河鼠只是说道："求你了獾。我可不想到时候你责怪我忘带了什么东西！"

当所有一切准备妥当后，獾一个爪子提着一盏昏暗的灯笼，另一个爪子抓着他的大木棍，发号施令道："现在，大家都跟着我来！鼹鼠打头阵，因为我很喜欢他。河鼠第二个，蟾蜍排最后。蟾蜍兄弟，你听着！你别像平常一样'叽叽咕咕'个没完，不然叫你回来待着，说话算数！"

蟾蜍生怕被落下，被排在这么个次等位置也没发一句牢骚，顺应地服从了。一队人马就这样出发了。獾带着他们沿河走了一小会儿，然后他突然爪子推地一借力，摆身钻进一个略高出水面的洞穴中，鼹鼠和河鼠一声不响地跟着他，也毫不费力地钻了进去。而轮到蟾蜍时，他不出意料地脚一滑，“哗啦”一声掉进了水里，引起了一阵骚动。他的朋友们赶紧把他拖上岸，帮他拧干衣服，好言安慰了几句，然后想接着上路，但是獾非常生气，告诉他要是他再出洋相就扔下他不管他了。

最后他们走进了那个秘密通道，捷径之行终于开始了！

通道里阴冷潮湿，低矮狭窄，可怜的蟾蜍不禁哆嗦起来，一来是因为他对于将要发生的一切害怕得要死，二来他里里外外都湿透了。他看那灯笼远远地亮着，不知不觉地自己越跟越远。“快跟上来啊蟾蜍！”被这么一催，他突然想到要是真被落下了，那得多恐怖，头皮一麻，他吓得猛往前冲，结果这一冲冲得太猛，一下撞上了河鼠，河鼠又撞上了鼹鼠，鼹鼠又撞上了獾，大家倒在一起，一片混乱。獾以为后面遭到了偷袭，那通道里又使不上剑或者弯刀，于是他拔出手枪，眼看就要给蟾蜍挨枪子儿了。幸好他及时反应过来发生了什么，放下手枪勃然大怒道：“好了，蟾蜍你闹够了，必须让你回去！”

听到这话，蟾蜍呜咽了起来，另两个动物对獾保证会严加看管蟾蜍，不再出乱子，獾的怒火这才平息下来。队伍继续前进，只不过这一次，河鼠走在了队伍最后，牢牢地抓着蟾蜍的肩膀。

就这样，他们蹭着步子摸索着，爪子按在手枪上，两耳警觉地听着周围的动静。最后，獾说道：“我们现在差不多在蟾蜍庄园底下了。”

突然间，他们听到从头顶上似乎很远的地方传来一阵混乱的嘈杂声，就像许多人在欢呼雀跃地蹬着地板，捶着桌子一样。蟾蜍刚才的害怕劲儿又回来了，而獾只是若无其事地说道：“他们真的在聚会，这群黄鼠狼！”

接着通道开始向上倾斜，他们一点点向上摸索着，又爆发了一阵嘈杂声，这次很响，离他们很近，只听一阵“万岁！万岁！万岁”的呼喊声，小脚跺得地板通通直响，小拳头砸得桌子砰砰直响，还有无数杯子碰撞在一起发出的叮当声。“他们玩得可真尽兴啊！”獾说道，“我们上！”他们赶紧沿着通道走到尽头，站在一扇通往餐具室的活板门下。

宴会厅里喧哗声震耳欲聋，他们根本不用担心自己的动静被听见。獾说道：“好，弟兄们，我们一齐使把劲儿！”他们四个一齐用肩膀把活板门顶了开来，然后一个托起另一个，最后都站到了餐具室的地面上。在一门之隔的宴会厅里，他们那些毫无察觉的敌人们还在狂欢作乐，对他们的到来毫无知觉。

当他们刚从通道里上来时，那吵闹声简直是要咬掉他们的耳朵一样。最后，欢呼声和敲打声逐渐低落下来，他们听到一个声音说：“好了，我不想占用大家太多时间。”（一阵掌声）“但是在我坐下之前”（又一次欢呼）“我想说一说我们好心的主人蟾蜍先生。我们都认识蟾蜍！”（一片大笑声）“顶呱呱的蟾蜍，谦虚的蟾蜍，诚实的蟾蜍！”（欢喜的尖叫声）

“要是让我逮住他！”蟾蜍咬牙切齿地低声说道。

“别急，再等一分钟！”獾拼命拉住他，说道，“大家都准备好！”

“让我来为你们唱首歌。”那声音继续说道，“这是我给蟾蜍作的一首歌。”（雷鸣般的掌声）

然后黄鼠狼头头——说话的就是他——亮着高亢又尖细的嗓音唱道——

“蟾蜍一脸开心地

走在大街上……”

这时，獾挺直身体，用双爪牢牢抓住木棍，扫了一眼他的同伴们，然后大叫道：

“到时候了！跟我来！”

然后一脚踹开了门。

我的天！

尖叫声此起彼伏，号叫声不绝于耳！

这四个气势汹汹的动物冲进宴会厅，顿时掀起了一阵恐慌！吓得魂飞魄散的黄鼠狼有的钻到了桌子底下瑟瑟发抖，有的发疯似的冲出窗户逃跑了！白鼬惊恐地抱头四蹿，奔向壁炉但都无可救药地堵在了烟囱里！桌子和椅子翻倒在地上，玻璃杯和瓷器碎了一地，整个宴会厅一片狼藉！力大无穷的獾怒发冲冠，呼呼地扫着手中的大木棍；一身黑色、一脸冷酷的鼹鼠挥舞着木棍，喊着让敌人闻风丧胆的口号“鼹鼠来了！鼹鼠来了”；河鼠一脸决绝的样子，腰间鼓鼓囊囊得装着所有年代里的每一种武器；蟾蜍因为刚受到了羞辱而格外发狂，气鼓鼓的身体比平时大了两倍，跃到空中发出“呱呱”怪叫，吓得所有人毛骨悚然！“让你唱蟾蜍一脸开心！”他吼道，“我要让你们开心开心！”然后他径直朝黄鼠狼头头扑去。他们虽然总共才四个动物，但是在这群被突袭的黄鼠狼看来，整个宴会厅里充斥着又灰又黑又棕又黄的魔鬼般的动物，挥舞着硕大的棍棒。他们尖叫着哀号着四处逃窜，有的冲出窗户，有的窜上烟囱，反正逃到了任何能够躲开那些可怕棍棒的地方。

这一切不一会儿就结束了。这四个朋友在整个大厅里上下搜索，一看到有动物冒出头来便当即一棒。5分钟之后，敌人被扫荡得精光，隐约间他们还能听到被吓破了胆的黄鼠狼尖叫着从破窗户里逃窜出去的声音。

地板上横七竖八地躺着十来个残兵败将，鼹鼠正忙着一个个给他们戴上手铐。獾大干了一场后倚着木棍休息了一下，忠诚宽厚的额头上布满了汗珠。

“鼹鼠，”他说道，“你表现最好！抄近道去外面看看那些白鼬哨兵都在干什么。我估计，多亏你之前的聪明之举，今晚他们应该不会给我们带来什么麻烦！”

鼹鼠立即跳出窗户消失在视野中。獾叫另外两个动物把一张翻倒的桌子扶正，从地板的残骸里捡起一些刀叉、盘子和杯子，找找还有没有吃的拼凑出一顿晚饭来。“我想吃东西。实在需要吃东西。”他用平常那口气说着，“蟾蜍你快找找啊，开心点儿！我们都帮你把房子抢回来了，你连个三明治都不招待我们。”蟾蜍看到獾对鼹鼠说了这么多好听的话，夸鼹鼠是个好伙伴，夸他战斗得多勇猛，可对自己却一句话没有，心里觉得委屈，因为他对自己刚才的表现颇为满意，特别是他朝黄鼠狼头头猛扑过去，一棍子打得他飞过桌子的那一下。但是，他还是听从了獾的指令，和河鼠一起四下里翻找了起来。一会儿他们就找到了一玻璃碟子的番石榴酱，一盘冷鸡肉，一根几乎没怎么动过的口条，一些蛋糕和许多龙虾沙拉。在餐具室里，他们找到了一篮子法式面包卷和好多芝士黄油、西芹。当他们正要坐下来吃的时候，鼹鼠吃吃笑着从窗户里爬了回来，怀里抱着一大捧步枪。

“都结束了。”他汇报道，“我打听了一下，那些白鼬本来就已经紧张兮兮，一听到大厅里各种鬼哭狼嚎的尖叫声叫喊声咆哮声，有的扔下手中的步枪撒腿就跑，还有的坚守着岗位站久了一些，但是当他们看到黄鼠狼朝他们冲过去的时候，以为自己被黄鼠狼出卖了，便使劲揪住他们不放，而黄鼠狼挣扎着一心想要逃命，于是他们纠缠在一起搏斗扭打，拳脚相加，在地上翻来滚去，最后好多直接滚进了河里！不管怎样，现在他们都不见了，我缴了他们的步枪。一切都办妥了！”

“你真是个出色又值得信任的动物！”獾满嘴嚼着鸡肉和蛋糕夸奖道，“鼹鼠，在你坐下来和我们一起吃晚餐之前，我还想让你做一件事，我本来不想麻烦你，但是这事儿只有交给你去办我才放心，真希望我认识的每个人都有你这样的能力。倘若河鼠不是位诗人，我就派他去了。我想让你把趴在地上的这几个家伙带上楼去，让他们清理几间卧室，要弄得干干净净舒舒服服的。记住，你一定要叫他们把床底下也扫干净，换上整洁的床单和枕套，被褥的一角要折下来，你知道该怎么做。每个房间里要准备好一瓶热水，几条干净毛巾和新的肥皂。等这些做完了，你要是想好好打他们一顿解解气，那是一点儿没问题的。记得最后把他们从后门撵出去，看他们以后还敢不敢再露面。完事后你就下来吃饭，尝尝这个冷口条，好吃得不得了。鼹鼠，我对你很满意！”

好脾气的鼹鼠捡起一根棍子，让他的手下败将在地板上站成一排，命令道“快点走”，然后带着他们上了二楼。过了一会儿，他微笑着下来了，告诉他的伙伴们所有房间都准备好了，干净得像新的一样。“而且都不用我动棍子。”他补充道，“我想，总的来说，他们一晚上挨得揍也够多了，我把这话也和他们说了，他们连连点头，说绝不会再来骚扰我们。他们非常抱歉自己的所作所为，肠子都悔青了，但账应该算在那个黄鼠狼头头和白鼬头上。他们还说，以后只要我们提一句，他们随时随地都愿意过来为我们效劳，将功补过。所以我给了他们每人一个面包卷，让他们从后门走了，看他们一个个没命地跑！”

说罢，鼹鼠拉了一把椅子坐到餐桌边上，埋头吃起了冷口条。蟾蜍作为一位绅士，收起他心中所有的嫉妒，真诚地对鼹鼠说道：“亲爱的鼹鼠，真心感谢你今天晚上的辛苦劳累，特别要感谢你今天早上如此机智的举动！”獾听了高兴地赞叹道：“这才是我们勇敢的蟾蜍说的话！”于是他们欢欣满足地吃完了晚餐，随即上楼钻进被窝里休息了。他们安稳地睡在蟾蜍祖传的老房子里，这可是他们用无敌的勇气、高明的策略和技艺娴熟的棍法夺回来的。

第二天早上，蟾蜍照例睡过了头，下楼来吃早饭时，已经晚得不得了了。他看到餐桌上撒满了鸡蛋壳、冰冷发硬的吐司碎片，咖啡壶里只剩下四分之一的咖啡，其他什么都没有了，这可让他挺生气的，毕竟这是他自己的房子。透过餐厅的法式窗户，他见鼹鼠和河鼠坐在草坪的藤椅上，看上去正讲着什么有趣的故事，哈哈大笑得前仰后翻，两双小短腿在空中乱踢一阵。獾坐在屋里的扶手椅上，埋头读着早报，蟾蜍进来时他只抬眼朝他点了点头。蟾蜍了解他的脾气，只好坐下来为自己做了一顿尽可能完美的早餐，暗自思忖着迟早要和他们几个算账。当他差不多快吃完的时候，獾抬起头非常简短地说道：“不好意思，蟾蜍，早上还有一个特别重要的工作等着你做。你知道，我们应该立刻办一个庆功宴，这是大家的期待——实际上，这是约定俗成的规矩。”

“好呀，一句话的事儿！”蟾蜍欣然答应道，“只要你高兴，我做什么都行。但是我不明白为什么要在早上办宴会。不过，我活着可不是为了让自己开心，而是关心我朋友想要什么，然后尽我所能去满足他们，我亲爱的老獾，你知道的吧！”

“别装傻了！”獾毫不领情地回答道，“另外，喝着咖啡的时候别嘻嘻笑笑的，唾沫星子满屋子飞，一点儿礼貌都没有。我是说，宴会当然是在晚上举办，但是邀请函要立马写出来寄出去呀。这事得你来做。现在，你坐到那张书桌边上去——那儿堆了一叠信纸，上面印着蓝金相间的“蟾蜍庄园”的字样——给我们所有的朋友写邀请函。你要是一刻不停地写，吃中饭之前就能把信函都发出去。我也会帮忙的，为你分担一点。宴会所需的东西我来打点。”

“什么！”蟾蜍苦闷地叫道，“让我在这么个美好的早晨待在房间里写一堆破烂的邀请函？我可想去庄园四周转一转，把所有事和所有人都归顺回原位，大摇大摆地逛一逛，开开心心地玩一玩！我绝不要待在这里！我要……我要你……但是，等一下！哎呀，这事我当然会做，亲爱的獾！为了其他人的快乐和便利，牺牲一点我的利益又算得了什么呢！你想要我做什么，我就做什么。去吧，獾，你去操办宴会上需要的东西吧，一切按照你的想法来，搞定之后你就和外面那两个年轻的朋友们一起聊聊天，别管我，别牵挂我要写的这些信。我愿意将这个美好的早晨贡献给神圣的职责与友谊！”

獾一脸怀疑地看了看他，这态度怎么一下来了个一百八十度大转弯？但是，蟾蜍一脸坦率的表情很难让人猜到这背后藏着什么令人不齿的动机。于是他顺着蟾蜍的话，离开餐厅朝厨房走去。门刚关上，蟾蜍就一个箭步跑到书桌边。刚说话那阵，他忽然想到一个绝妙的主意。他会好好写这些邀请函，提提他在战斗中所起的领导作用，他是如何把那个黄鼠狼头头给打趴下的，而且还可以顺带提一下他的冒险之旅，那段胜利之程可有他说的了。在邀请函的扉页上，他要列出晚宴的娱乐节目表——他在脑海中打了一个这样的草图：

演讲　　　——蟾蜍

（晚宴期间，还有另外几场蟾蜍的演讲）

致辞　　　——蟾蜍

内容提要——我们的监狱系统——古老英帝国的航道——马匹交易及其技巧——财产、权利与职责——荣归故里——典型的英国乡绅

歌曲　　　——蟾蜍（本人作词作曲）

其他歌曲　——蟾蜍
在晚宴期间由词曲作者本人演唱

蟾蜍对这个主意十分满意，埋头写了一上午，终于在中午的时候把所有的邀请函都写好了。这时候，他得到通报，说门口有一个身材瘦小、衣衫破烂的小黄鼠狼，怯生生地询问有没有什么能为先生们效劳的。蟾蜍大摇大摆地走到门口，一看原来是前晚上被他们抓住的一个俘虏，现在正毕恭毕敬地想要讨好他呢。蟾蜍拍了拍他的脑袋，把一捆邀请函塞到他爪子里，吩咐他抄最快的捷径把这些邀请函发送出去，要是他晚上想要

再来，说不定能得到一个先令赏钱，不过也说不准。那可怜的黄鼠狼看上去十分感恩，热情满满地跑去执行任务了。

另外几个动物热闹又愉快地在河上度过了一个美好的早晨，回来吃中饭。鼹鼠心有不安，不放心地看着蟾蜍，心想着他会不会心情郁闷满脸不开心。但恰恰相反，蟾蜍一副得意扬扬趾高气扬的样子，这让鼹鼠心中有些纳闷，而河鼠和獾也会心地互相交换了眼神。

一吃完饭，蟾蜍就把双爪往口袋里一插，随意地说道："好了，你们自己好好玩！想要什么请自便，不要客气！"然后踱着大步朝花园走去，他想着去那里好好构思一下晚宴上演讲的内容，可河鼠一把抓住了他的胳膊。

蟾蜍心想河鼠这是干什么呢，挣脱着想要甩开他的爪子，但是当獾用力地拉住他另一只胳膊时，他知道事情暴露了。那两个动物架着他走进门廊边的吸烟室里，关上门，把他按在椅子上。然后，双双站在他面前，蟾蜍则一声不响，没好气地看着他们。

"听着，蟾蜍。"河鼠说道，"我们要说的和这次晚宴有关，很抱歉我得用这种方式和你说话。但是，我们希望你能彻底明白，不管是这一次还是以后，宴会上没有演讲，没有唱歌。你听清楚了，我们现在不是在和你商量，而是在通知你这个决定。"

蟾蜍知道自己是没辙了，他们懂他的心思，一眼就把他看穿了，先他一步下了手。他的美梦就这样破碎了。

"我能不能就唱一首很短的小曲？"他可怜巴巴地哀求道。

"不行，很短的小曲也不行。"河鼠坚定地回答道，不过看到可怜的蟾蜍因为失望而微微颤抖的嘴唇，他的心像流血一样疼，“蟾蜍兄弟，没用的，你清楚得很，你那些歌除了自吹自擂就是炫耀虚荣，那些演讲全都是在自我褒奖，都是……都是让人起鸡皮疙瘩的夸夸其谈，还有……还有……”

“还有胡吹。”獾以他惯常的口气补充道。

“蟾蜍兄弟，这都是为你好。”河鼠继续说道，“你知道你迟早要洗心革面重新做人的，现在正是个好时机，是你一生的转折点。请不要以为说这些话我不伤心，我和你一样难过。”

蟾蜍沉思了许久，最后，他抬起头来，强烈的情绪溢于言表。“我的朋友们，你们胜利了。”他激动得有点断断续续地说道，“虽然我的要求微不足道……我只想最后再有这么一个晚上让我尽情释放，放手表演一番，感受下那雷鸣般的掌声，因为这……这总能激发我最好的一面。但是你们说得对，我知道我错了。从此往后，我一定洗心革面。我的朋友们，我再也不会让你们蒙羞了。但是，我的天，我的天，这真是个艰难的世界！”

说完，他用手绢掩住了脸，踉踉跄跄地走出了房间。

“獾。”河鼠说道，“我觉得我实在太残忍了。你什么感觉？”

“噢，我知道，我知道。”獾也很不是滋味儿地说道，“但是这是非做不可的。这好家伙可是要一直居住在这里，做个有头有脸让人尊敬的人呢。你难道愿意让他成为别人的笑柄，被那些白鼬和黄鼠狼笑话嘲讽吗？”

“当然不想。”河鼠说道，“说起黄鼠狼，幸亏我们遇到那个替蟾蜍送邀请函的小黄鼠狼。听你说的那些话我就起了疑心，于是看了其中的一两封。果然里面写的东西真是丢人现眼。我把那一叠都没收了。这会儿好心的鼹鼠正坐在蓝色的梳妆间里，在空白简约的邀请函上重新写着邀请呢。”

离晚宴开始的时间越来越近了。蟾蜍独自一人躲在卧室里，一直哀愁地坐着苦苦思索。他把额头搁在爪子上，想了很久很久。渐渐地，他脸上的阴云逐渐散去，露出了一丝久违的笑容，然后他害羞扭捏地咯咯笑了起来。末了，他站起身，锁上门，拉上窗帘，把房间里所有的椅子搬出来围成一个半圆，身子涨得鼓鼓地站在椅子的正前方。他鞠了个躬，清了两次嗓子，想象着眼前正坐着为他欢呼的观众，亮起嗓门唱了起来。

蟾蜍最后的小曲！

蟾蜍——回——家——了！
客厅一片狼藉，走廊里传来阵阵哀号
牛舍和马厩发出声声嘶吼和尖叫
蟾蜍——回——家——了！

蟾蜍回——家——了！
击破窗户，踢开大门
一拳将恼人的黄鼠狼打趴在地上
蟾蜍回——家——了！

咚咚锣鼓敲起来！
嘟嘟喇叭吹起来，士兵们个个扬手敬礼
轰隆大炮齐发射，滴滴汽车鸣响笛
英雄——回来——了！

欢呼呀——万——岁！

人人高声欢呼

向崇高的动物致以敬意

因为这是蟾蜍的——好——日——子！

他唱得中气十足，感情充沛，唱完一遍以后又唱了一遍。

然后他长长叹了一口气，非常长非常长地叹了一口气。

转身走到梳妆台前，拿起梳子沾了沾水壶里的水，将头发从中间分开，光滑笔直地梳在脸颊两侧。然后打开门，安静地下楼去迎接宾客们，他知道他们肯定已经聚集在客厅里了。

他一出现，所有的动物都欢呼起来，围上来恭喜他，说了很多溢美之词，赞美他多么勇敢，多么智慧，多么富有战斗精神。但是，蟾蜍只是微微笑着喃喃道“没什么”或者有时候换一句“才不是呢，恰恰相反”。水獭正站在壁炉前的地毯上，向一脸崇拜围着他的朋友们夸夸其谈，说要是换作他，他会怎么做。当他看到蟾蜍时，大叫一声，跑过去一把抱住蟾蜍的脖子，要拉他在屋里得意扬扬地转上一圈。但是，蟾蜍却温和地表示不屑于此，从水獭的手臂里挣脱出来，细声说道：“獾才是我们的领导主帅，鼹鼠和河鼠打得最为勇猛，我只是一个小卒，充个数而已，几乎没做什么事情。”蟾蜍这出人意料的态度让在场的每一个动物都大惑不解，都有点儿不知所措了。而蟾蜍自己感觉到，当他从这个客人走到那个客人，谦虚地一一回应时，每一个客人对他都产生了前所未有的浓厚兴趣。

獾把一切都安排得尽善尽美，晚宴非常成功。大家有说有笑，欢声笑语不绝于耳。但整个晚上，坐在椅子上的蟾蜍全程都低垂着双眼，和他身边两侧的动物低声讲着漂亮的话语。他偶尔会偷偷瞄两眼獾和河鼠，看到他们惊讶地张着嘴互相对视，心里觉得满足得不得了。随着晚宴进行到后半场，有些年轻闹腾的动物互相交头接耳地说宴会没以前那么好玩了。有人开始敲起桌子大声喊道：“蟾蜍！演讲！让蟾蜍来演讲！唱歌！蟾蜍先生唱首歌！”但是蟾蜍只是轻轻地摇摇头，举起一只爪子表示反对。他只是一个劲儿殷勤地劝客人多吃点美味的食物，带动身边客人的闲谈，关切地问候着他们家中尚未成年不能出席社交场合的成员，让他们明白这次晚宴是严格遵照传统方式进行的。

蟾蜍真的完全变了样！

这次盛会之后，四个动物继续过着他们快乐惬意的生活，虽然曾一度被内战粗暴地打断，但以后再也没有受到过动乱或入侵的打扰。蟾蜍和朋友们商量之后，挑选了一条漂亮的金项链，放在一只镶着珍珠的首饰盒里差人送给了狱卒女儿，一起还附上了一封连獾都承认真心诚意、言辞恳切的感谢信。他还好好酬谢了那位火车司机，他为蟾蜍可费了不少力气，冒了不小风险。最后，在獾的威严强迫下，蟾蜍还费了不少周折找到了那个船娘，悉数赔偿了马匹的钱。不过他对这一桩事一点儿都不情愿，发了一通脾气，还极力申辩说他是命运之神派来惩罚那个手臂上满是斑点的胖女人，因为她有眼不识泰山，居然没认出他是位绅士。赔偿倒没花多少钱，当地的估价人说那吉卜赛人给的价格还挺合情合理的。

当炎炎烈日结束了一天的旅程，从西边落入地平线时，4位朋友有时会去原始森林里溜达溜达。森林不再像以前那样张牙舞爪、可怕阴森，变得温顺谦恭了很多。里面的居民会恭恭敬敬地向他们问好，甚是让人欣慰。黄鼠狼妈妈还会把孩子们领到洞口，指着经过的这四个动物说道：“瞧，宝贝！那位就是伟大的蟾蜍先生！走在他旁边的是勇敢的河鼠，他可是个人人敬畏的战士。那边走过来的就是著名的鼹鼠先生了，爸爸常常说起的就是他！”碰到孩子们要脾气不听话，妈妈就会吓唬他们说，要是他们再闹再捣蛋，可怕的大灰獾就会过来把他们都抓走。这真是对獾莫须有的诽谤啊。他虽然不喜欢同人打交道，可非常喜欢小孩子。不过，对黄鼠狼妈妈来说，这番话可比其他任何吓唬孩子的话都管用呢。